진찰
애현
상담소

찰진연애상담소

ⓒ천효정 2011

초판 1쇄 발행일 2011년 12월 19일

지 은 이 천효정
펴 낸 이 이정원

출판책임 박성규
편집책임 선우미정
편집진행 이상글
디 자 인 정정은 · 김지연
편   집 김상진 · 이은
마 케 팅 석철호 · 나다연 · 도한나
경영지원 김은주 · 김혜정
제   작 이수현
관   리 구법모 · 엄철용

펴 낸 곳 도서출판 들녘
등록일자 1987년 12월 12일
등록번호 10-156
주   소 경기도 파주시 교하읍 문발리 출판문화정보산업단지 513-9
전   화 마케팅 031-955-7374 편집 031-955-7381
팩시밀리 031-955-7393
홈페이지 www.ddd21.co.kr

I S B N 978-89-7527-989-8(13800)
값은 뒤표지에 있습니다. 잘못된 책은 구입하신 곳에서 바꿔드립니다.

찰진 연애 상담소 빌드

내담자 고지사항

✿ 안 생기는 청춘들을 위한 연애 혁명 커뮤니티 **쇼율럽**(www.showyourlove.co.kr)에 올라 온 실제 상담 사례를 바탕으로 책을 엮었습니다.

✿ 현실감과 내담자 각각의 개성을 살리기 위해 일부러 내담자의 고민 부분을 수정하지 않았습니다.

✿ 상담 내용에는 비어, 속어, 은어, 유행어가 많이 들어가 있습니다. 청춘의 목소리를 생생하게 들려드리기 위해 어문규정에 부합하지 않는 부분도 그대로 두었습니다.

✿ 비어, 속어, 은어, 유행어에 약한 분들을 위에 240쪽에 상담용어해설을 실었습니다.

✿ 246쪽 꽁냥질 기상도에 당신의 연애 날씨를 기록해보세요.

누구나 사랑에 끌려다닌다

온전하고 완벽한 인간은 어디에도 없어.

한 사람도 빠짐없이 우리는 모두 등신.

작건 크건 우릴 스치고 간 숱한 상처들,

그게 우리를 겁쟁이로, 찌질이로 만들었으니.

게다가 사랑은 마음대로 조절하고 억압할 수 있는 감정이 아니잖아.

그저 심신에 느닷없이 몰아치시면 우리는

"아, 또 다시 걸려들고 말았수." 하며 한숨지을 수밖에.

우린 다 연약한 인간.

오늘도 그대는 잠 못 이루고…….

아무리 발버둥 쳐도 나는 애초에, 사랑의 노예.

그놈의 사랑이 뭣이간데.

그냥 이거.

'너무 좋아해서 병에 걸리는 것.'

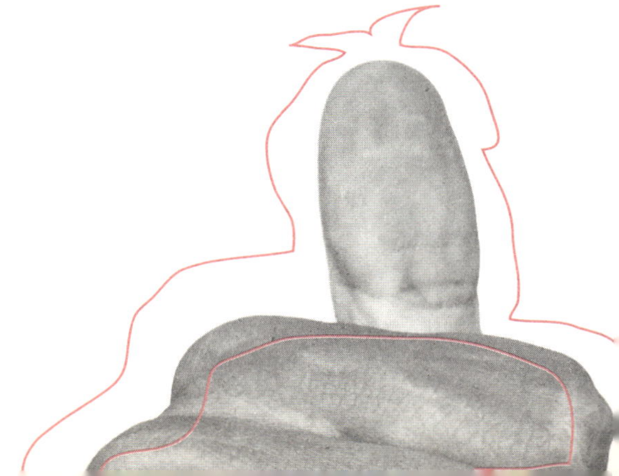

눈치 보고 간 보다가 버럭 비이성적인 열정이 들끓어 온종일 그 사람
생각을 하고, 하루에도 열두 번씩 롤러코스터 타는 환상 속에서, 또 낮
에 눈치 보고 밤에 울고.
될 텐가, 아니 될 텐가 하며 줄을 풀었다 당겼다 전략가가 되었다가, 에라 모르
겠다 번지점프 해 버리는 심정으로 온 자존심 던지며 고백하곤, 상대
의 대답에 따라 화들짝 천국과 깨꼬닥 지옥을 만나는.

그리고, 그리고……:
악.

이제부터가 시작.

서로 한 몸이라도 되는 것처럼 몸과 마음 포개고 기대며 의
지하다가 또 어느 날부터는 서로가 서로를 섬뜩하게 의심하고,

존나 괴롭히고, 조바심에 툴툴대며 싸움을 걸다가도 또 역시나 비이성적으로 굽신
    대며 애정을 구걸하고.
뭔가에 걸려 넘어지듯 몇 마디 오해에 불 같이 싸우곤, 거칠게 돌아서서 목 놓아 서럽게
꺽꺽 울기도 하는 그 질병 같은 일련의 과정, 미치광이 같은 달리기.
    무서운 춤사위.
    그것이 사랑.
        그래도, 그래도 말이야. 울고, 상처 받고, 진상치는 네 모습, 그럼에도
            또 다시 그 사람 떠올리는 네 모습, 정말,
            꽃처럼 예쁘다. (왜인지를 설명하자)
        사랑은 인간을 들었다 놨다 형편없이 만들지.
        허나 그거 알지?
        그 초라함은 애초에 본인에게 내재되어 있던
    본 캐릭터이다!

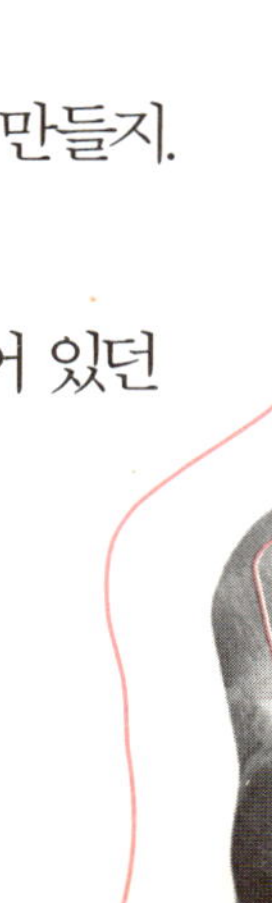

8

원래 인간의 꼬라지가 그 모양.

아니, 꼬라지 따위의 표현 말고, 자연스런 생겨먹음, 그게 정확한 설명일걸세. 네가 꿈꾸고 소망하는 환상이 아니라, 네가 도달하고 싶어 하는 허상이 아니라,

있는 그대로의 너.

날것 그대로의 너.

별말 필요 없이, 그냥 바로, 너.

관심 받고 싶어 하고, 집착하고, 두려워하고, 짜증을 내고, 못되게 굴고, 삐지고, 그러다 상대의 달콤한 어휘에 헤벌쭉거리고, 약이라도 한 듯 둥둥 걷고 뛰는 유치한 짐승 같은 너, 그리고 나. 그것이 우리. 존나 살아있는 우리. 누군가 억지로 주입한 것이 아닌, 지극히 현실적이고 직접적인 사랑의 풍경.

그것을 마주할 때 비로소 사람은 조금 더 성숙해지고, 근사해지고, 섹시해지며, 세련되게 변모한다.

그리고 무엇보다, 본인의 삶을 보다 주도적으로 운전할 수 있는 깜냥
쟁이로 성장하지.
세상엔 물론 고통이 차고 넘치지만 이렇게 자신을 온전히, 그리고 처
절하게 마주하는 순간이 오는 경우, 많을까.

응?
과연?
그래서 정말 사랑, 사랑이 중요하다.
그것은 옹골찬 고통이요,
화질 짱짱한 거울이요,
역동적인 실험실이다.
그대가 주인공이기에, 아무 간접적 수단이나 장애 없
이, 본인이 오감으로 느껴야만 하는, 그 수많은 감

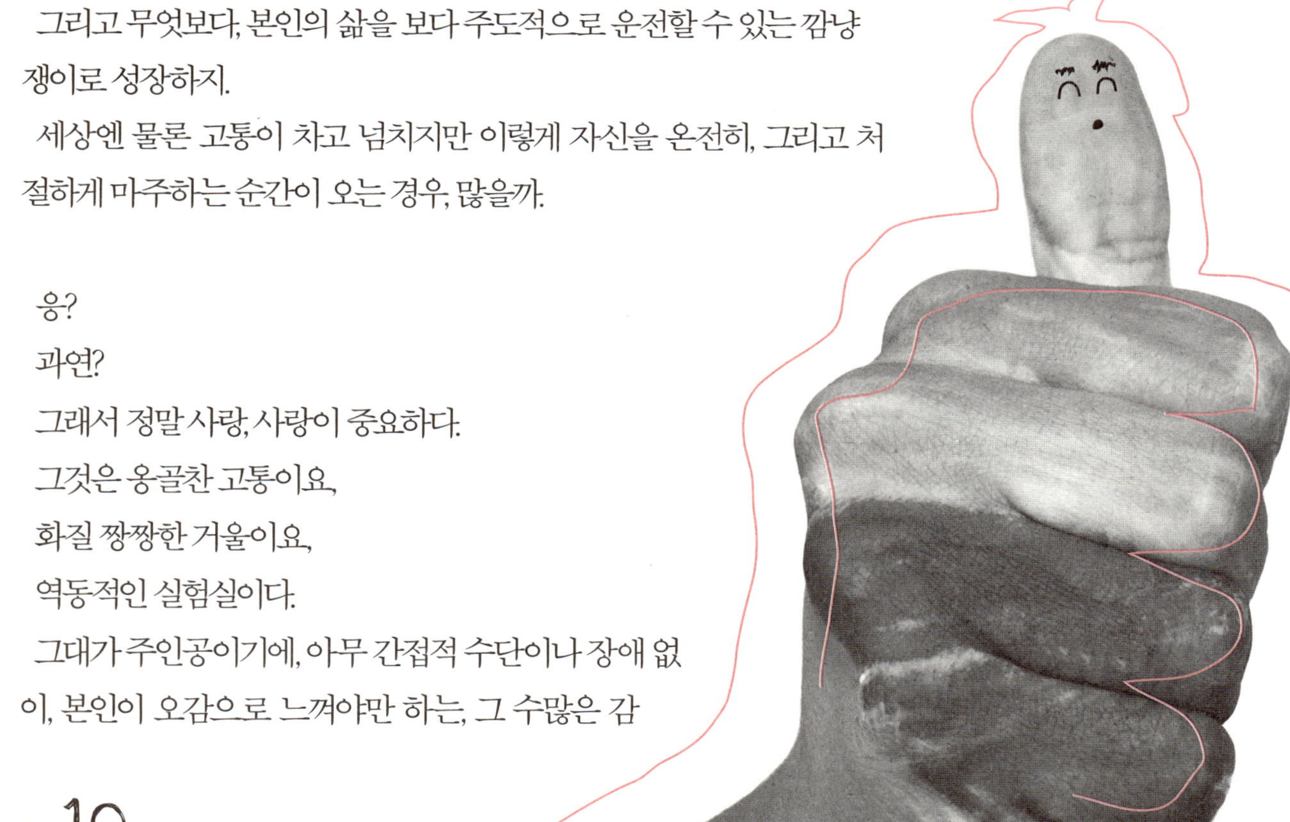

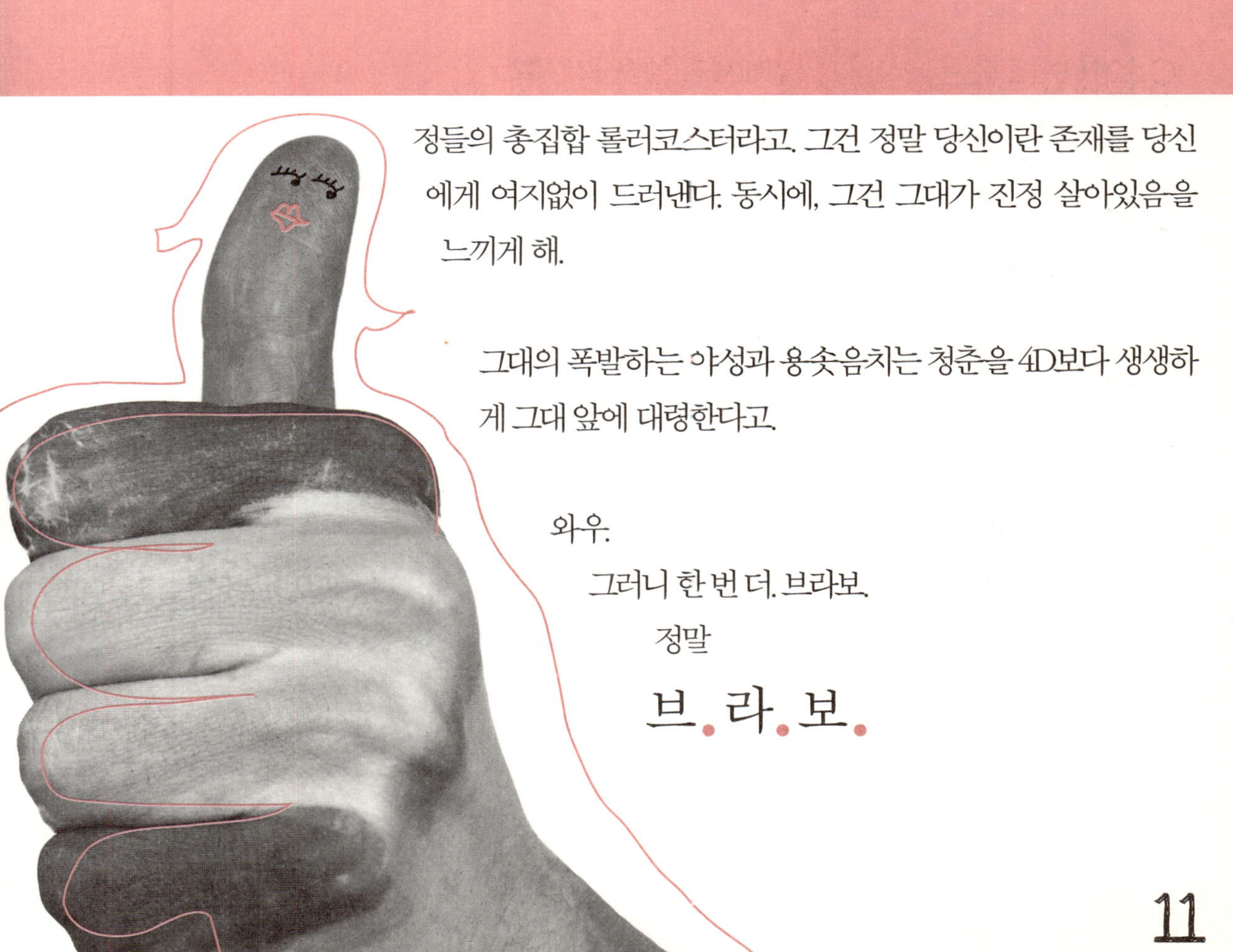

정들의 총집합 롤러코스터라고. 그건 정말 당신이란 존재를 당신에게 여지없이 드러낸다. 동시에, 그건 그대가 진정 살아있음을 느끼게 해.

그대의 폭발하는 야성과 용솟음치는 청춘을 4D보다 생생하게 그대 앞에 대령한다고.

와우.
　　그러니 한 번 더. 브라보.
　　정말

브. 라. 보.

Contents

들어가는 말_ 누구나 사랑에 끌려다닌다 **6**

찰진연애상담소에 오신 당신을 환영합니다! **16**

**연애세포는
죽지 않아~
잠깐
조는 거야**

연애세포 실종사건 **32**
널 사랑해, 네가 날 사랑하기 전까지만 **35**
내숭? 먹는 건가? 우걱우걱 **40**
내겐 너무 무서운 연애 **45**
귀차니스트 in 러브 **49**

**고갱님~
여기,
용기 한 잔
리필이요**

사랑에도 짬짜면이 있다면 **56**
그녀가 보고 싶어 미치겠어요 **60**
밀당이야, 내가 싫은 거야? **67**
통통 튀는 그녀를 사로잡고 싶어 **71**
보이지 않는 연하남의 마음 **76**
눈치만 살피다가 한 달 두 달~ **80**
나도 남자사람이야! **83**
그녀의 마음은 어떤 걸까 **89**
마음이 종이였으면 **93**

연애 달인
할매의
유혹학 특강

남정네 후리는 비법 **98**
지속가능한 연애질의 비법 **101**
소개팅 백전백승의 비법 **104**
안 넘어오는 상대, 도끼질의 비법 **107**
밀당의 비법 **111**

껍데기는 가라,
연애의 본질

좋아하지만 사귈 순 없대 **118**
남친의 지나간 사랑이 내 목을 조르네 **122**
우리 커플은 매일매일 접촉사고 **125**
난 남자가 있는데, 자꾸 이러면 안 되는데 **129**
내겐 너무 먼 결혼 **133**
결혼이라는 종착역이 보이지 않아요 **138**
내가 니 엄마니? **141**
그런 사람을 사랑해도 될까요? **146**
다시 돌아온 그대, 놓치고 싶지 않아 **148**

사랑 때문에
골치 아픈
당신에게

이 감정, 사랑일까? **156**
네가 참 좋아, 친.구.로 **159**
도대체 이 동생 마음은 뭐야? **164**
친구에게 고백했는데 답이 없어 **170**
이성친구의 애인과 나, 우린 어색한 사이 **173**

사랑의
적색 신호등

피하지마 **178**
우리 사이, 변할 수 있을까 **181**
썸남이 떠났어 **184**

여친의 남친 의존증 **187**
이거슨 사랑일까, 집착일까? **191**
툭하면 욱하는 남친을 어찌해야 하지 **194**
좋아하냐 물었더니, 이젠 또 모르겠대 **197**
다시 생각해보자는데……나 어쩌면 좋아 **201**

지쳐요 **208**
그립다 생각하니 더욱 그리워 **212**
미련미련미련~ 때문인가봐 **215**
끝내야 하는데 **218**
남친의 고향은 해저 이만 리 **221**
10년 동안 한 사람만 좋아해왔어 **225**
좋은 사람이 또 나타날까 **228**

나가는 말_사랑은 자신감이 반~ 힘을 내요, 용사여 **235**

상담용어해설 **240**

찰진연애상담소를 엿본 사람들의 한마디 **244**

꽁냥질 기상도 **246**

남았으니까 미련이다

끝없이 요동치는 감정, 비이성적으로 폭발하는 질투, 문맥 없이 튀어나오는 사랑구걸. 앗, 깜짝이야. 이게 나란 말인가. 사랑은 널 놀래킨다.

찰진연애상담소에 오신

찌질한

찰진연애상담소는 외로운 별 지구에
을 상담하는 열라 따숩은 사회적 기업
대기하고 있으며 이곳에서 이루어진
을 보장합니다. 상담은 온/오프라인 모

당신을 환영합니다!

열렬히

사는 마이 외로운 남자사람 여자사람의 사랑병
입니다. 본 상담소에는 네 개의 상담사가 상시
모든 상담내용은 요람에서 무덤까지 절대 비밀
두 가능합니다.

구십 세의 그녀. 지리산의 한 초가집에 살고 계셔요.

마당엔 닭이 뛰놀고 온갖 꽃들이 만개한 곳. 그녀의 트레이드 마크는 쪽진 머리와 색색의 조끼, 알록달록 몸뻬, 둥근 덧버선. 단 걸 참 좋아하는 우리 할매. 늘 주전부리를 입에 달고 사세요. 곶감, 양갱, 찹쌀떡, 약과, 식혜, 뻥튀기, 깨강정, 고구마, 술빵, 홍시, 팥 시루떡, 호박엿……:

"특히나 생강차와 곶감은 환상의 궁합이여!"

부엌에선 늘 맛있는 냄새가 풍기지요.

할매의 고사리무침은 특히 정말 매우 치명적이랍니다.

비 오는 날 부쳐주시는 부추전도 일품! 야호. 그런 날엔 온갖 산짐승마저 부엌을 기웃거리곤 해요.

"외로운 밤, 옆 동네 동무들이 쳐들어와 화투를 치자네."

오늘밤도 쏘핫. 어후, 할매들. 때때로 다른 산자락에 사시는 동무 분들이 그녀 집에 놀러오세요. 자칭 '아리따운 꽃 할망단'.

그래서 할매는 늘 과일주를 담가 놓으십니다. 으음. 향기 좋고. 근데 (속닥속닥) 사실 할매는 홀로 낮술 잘 드세요. 감귤막걸리와 동동주, 소막도. 아아, 할매, 적당히요! 취하시면 꼭 맨발로 마당에 나가 덩실덩실 춤을 추시거든요.

까르르. 미치겠어, 저 소녀 같은 웃음.

갑자기 궁금해졌어요. 할매, 할매는 젊었을 때 어떻게 살았어?

"남정네가 끊이질 않았지!"

뭐람, 깔깔깔, 근처 인삼밭 할아버지의 증언을 들어봐야겠어요.

"새벽 두시만 되면 늘 날 비롯한 수많은 사내들이 말이야, 눈물을 뚝뚝 흘리며 할매네 돌담에 매달린 채로 이렇게 읊조렸지……[자니]……그러면 그놈의 여편네가 대문을 열고는 우리한테 바위를 던졌어. 꺼지라고. 덕분에 우린 함께 몽땅 강냉이를 잃고 말았단다."

네. 역시 할매는 매력적인 여인네…….

6·25 때 남편과 사별하신 뒤 힘겹게 두 명의 자녀를 홀로 키우신 우리 할매. 보따리를 머리에 이고 팔도를 다 싸돌아 다니셨대요. 억척스러우셨지만 또 동시에 남달리 호쾌한 여인이기도 했다는 그녀예요. 특히나 연애에 있어선, 오, 옛날 분답지 않게 개방적이셨대요. 그 덕분일까. 울 할매의 넘쳐나는 풍부한 연애담. 오, 자유연애 정말 만세만세만세.

"아, 인생, 남 주는 거 아니여. 그러니께 활개쳐야 하는 거여. 머리에 꽃 달고!"

요즘도 할매는 연애 중이랍니다. 와우.

"사랑은 케토톱 같은 거란다. 부착과 동시에 난 뭐든 할 수 있어. 험한 등산도, 혼신의 게이트볼도……"

으잉, 할매. 내가 좋아, 남자가 좋아?

"……아, 그야 당연히…… 오늘 참 날이 궂네잉."

악, 할매!!!

전 그녀 마음 사수하러 방학 때 늘 지리산 초가집에 가요. 제가 가면 늘 구운 가래떡에 꿀을 발라주시죠. 겨울밤엔 아랫목에 함께 앉아 호박고구마를 먹고요. 하, 침이 또 고였어. 하지만 더 좋은 건, 이불을 덮고 그녀와 도란도란 얘기 나눌 때. 할매, 옛날 얘기 해주세요! '호랑이를 쫓은 팥죽 할매'는 정말 언제 들어도 늘 찰지다니께요!

깊은 밤 어느새 사뿐사뿐 제 눈에 잠이 내려앉을 즈음, 할매는 내 귓가에 대고 이렇게 속삭이십니다.

"넌 나비처럼 곱고도 총명하단다……믿어보렴."
그렇게 잠든 날엔, 전 항상 오색찬란한 꿈을 꿉니다. 슬픈 사랑 때문에 아파서 밤마다 뒤척이던 엊그제 일은 어느덧 희미해지고…….

벌써부터 그리운 걸요. 지리산 꽃 할매집. 다음 주에 꼭 케토톱 사가지고 가겠어. 반갑게 맞아줘요. 할매. 나 오늘 또 징징대고 싶어요.

또 다시 그놈의 사랑에 빠지고 말았다우. 할매. 엉엉. 아픈 연애. 또 다시 하긴 싫었는데…….

그대의 조언이 필요해요. 나 도와줄 거죠? 할매. 아, 우리 할매…….

톰 마볼로 리들. 그도 처음에는 선량한 꼬마였다. 그의 어미 메로프 곤트는 늘 그에게 이렇게 말하곤 했다.

"아드을? 어쩜 이렇게 잘 생겼니!"

넘치는 과잉사랑 속에 평화롭게 자라나던 소년은 점점 커가면서 이상한 낌새를 감지하는데.

"하~ 분명 뭔가가 있어. 내 안에."

그러던 어느 날.

"생일 축하한다.", "엄마, 전 이제 몇 살이죠?", "미운 삼십이란다."

삼십?!

그 순간, 펑 하는 소리와 함께 기다란 뾰족 모자와 별 무늬 파자마 차림의 노인이 거대한 지팡이를 들고 나타난다.

"서른 해 동안 고이 지켜온 순결에 깊은 존경을 표하네.", "네에?", "이제 당신은 우리 종족. 어서 나와 떠나자.", "뭐야, 누구신데 이러세요?", "야. 니 맘 알아.", "뭘 알아??", "나

도 너처럼 서른까지 연애 못 했어.", "네에?", "덕분에 이렇게 마법사로 진화했지.", "으악!"

위대한 그의 이름, 덤불도어. 세계적인 마법학교 호구와트의 교장인 그, 무려 200년이 넘도록 솔로 라이프를 연명하고 있었다.

"떳떳하고 당당하게 싱글로서의 전문성을 기르란 말이야. 이 독거노인 지망생아!"
"필요 없어! 난 호구가 아니야!"

거칠게 울부짖으며 현실을 부정하는 톰 리들.

……그로부터 500년 뒤.

"위대한 교장을 꺾을 암흑의 제왕이 나타났대.", "무려 500년 넘게 연애를 못 했대!", "세상에, 무서워!", "제발 그의 이름을 말하지 말아줘!"

온 동네 사람들을 벌벌 떨게 만드는 무법자, 볼드모태의 엄청난 존재감! 그는 엄청난 어둠의 포스로 모든 선량한 시민들을 위협하고 있었는데.

"내게 자비란 없다!!!"

……놀랍게도, 그가 불과 오백 년 전, 자신의 현실을 부정하던 꼬마호구 톰 리들이었다면, 믿으시겠는가. 엄청난 세월과, 연애 운 없는 가혹한 현실은, 그를 드디어 마법계의 전설 아닌 레전드로 발효시킨 것이었으니.

"으하하하. 순수 모태 혈통만을 이 지구상에 남길 것이야!"

그 때,

"자, 덤벼!"

"뭐냐, 너넨. 그 유명한 해리 포털과 자니 위즐리?"

해리-자니 커플, 그들은 몸을 풀며 슬슬 닭살행각에 시동을 걸기 시작하고. 그 순간 볼드모태는 직감한다. 엄청난 위험이 몰려오고 있음을.

"아, 아, 이봐. 내가 그걸 몰라서 이러는 거 아니야."

허나 그들은 실로 무자비했다.

"뽀뽀 발사!!!"
"아악, 부러워!!!!!!!!!!!!!!!!!!!!!!!!!!!!!!!!"

처절하게 패배한 어둠의 제왕.

몰락한 그는 홀로 어두운 동굴에 몸을 숨긴 채 힘겹게 삶을 연명하게 된다. 그의 유일한 친구는 애완독사 '내기니'뿐. 하, 슬픈 어둠의 제왕. 무너질 대로 무너진 그의 자존심, 밀려오는 헛헛함을 그 누가 상상할 수 있겠는가. 결국 며칠 전, 괴로움을 견디지 못한 나머지 스스로 목숨을 끊으려 킹스 크로스 역으로 나간 볼드모태는…… 결국…… 세상에…… 머글 할매가 이끄는 연애상담특공대에 강제캐스팅 되고 마는데! (뭐 이딴 상황전개가 다 있나 생각하지 마. 그랬다면 그런 거야, 유후)

"악, 싫어! 500년 산 대왕마법사보고 사랑드립을 치라고? 말도 안 돼. 내 넘쳐나는 자존심이 있지!" 허나 그건 순전히 뼈 없는 투정인 것을. 쓸쓸함과 적적함이 이미 유약해진 볼드모태의 염통을 침투하고 있으므로. 이를 꿰뚫어본 할매, 그저 부처마냥 여유 있는 미소를 짓고 있는 중이랏다. 어둠의 제왕, 볼드모태! 과연 끝까지 자신의 체면을 지킬 수 있을 것인가! 투비 컨티뉴!!!

알프스 뮤직차트 1위를 잡아먹은
마리아 첫 EP [도레미송 메들리] 수록곡
"개 이름은 마리아"

지금 들어보시죠!

도는 도라지, 레는 레이디,
미는 미토콘드리아, 훠예.
이야기는 개봉박두, 쓰뚜루룹 훠우예에.

퇴역해군 대령의 일곱 자녀를 가르치고 있다네.
오늘도 기타 메고 스위스 알프스!

그녀는 그녀는 이상도 하지
정말 이상도 하지. 워우예에.

쉬지 않고 노래를. 어이없는 안무를.
말도 안 되는 아카펠라를. 애드리브에 전조까지.
오, 바이브레이션. 오, 코러스. 느닷없는 피처링 출연.
정말 우리나라 음악계 죄다 후려 발라버릴 기세야.

꺼져버려. 관객으로서 말하는데,
내 귓방맹이는 소중해!
한국 오지 마……. 요를레이오르레!

뭐?
뭐가 궁금타고?
그녀의 사랑?
오, 역시나야.
딱 그녀 노래를 닮았어.
충동적이고 근본 없지.
정신없이 돌진하고. 들이대고 차이고.
동물인가 원시인인가. 왜 그렇게 소란스러운 거야.
하, 난 절대 그렇게 철없이 굴진 않겠어!

그럼에도
이상하게

그 노래 자꾸 듣고 싶어져.
무슨 연유에서일까.
이렇게 멀쩡한 나님이

왜 쇄골쭉지가 간들간들
왜 몽고반점이 껀덕껀덕
왜 왜 왜!
이런 게 사랑입니까. (일동: 헉!)
내가 미쳤어. 이 전쟁 같은 사랑.

모르겠어. 니가 만나봐.
들어 봐. 귀 기울여봐.
그녀의 러브 스토리, 특별해.
그 무모한, 그 저돌적인, 그 동물적인 연애.
오, 용기와 욕정 넘치는 마리아의 정신세계!
몰라, 몰라, 훠어.
그저 너도 들어보래도!

지구에 인류가 있다면 토성에는……

엄청난 비밀을 폭로하겠다. 그 곳에는 무려 65만 마리의 '나토하고시포리오'라 불리는 생물들이 살고 있다. 그들이 이미 블랙홀로 신혼여행을 가는데다가 애인의 텔레파시를 단번에 이해하기 위해 몸 안에 안테나를 심는 외과 수술을 시도하는 등, 학문과 기술을 통틀어 지구보다 전반적으로 높이 진보된 지적 수준을 가지고 있다. 믿으시겠는가.

인류가 흔히 육감이라고 하는 것은 사실 굉장히 추상적인 개념이다. 하지만 '나토하고시포리오'들에게 그 식스 센스란 이미 분명하고도 구체적으로 설명할 수 있는 감각임이 자명하다. 그들 별에선 그 육감에 대한 논문만 매년 수십만 권씩 쏟아져 나오고 있다.

　……토성대학교에서 지구생물학을 전공하고 있던 평범한 나토하고시포리오 '스메리독트케요'씨. 인류에 대한 연구에 매진하던 중 어느 날 이런 의문을 친구에게 털어놓는데……:

　"삐리빠빠. 지구인이 우리처럼 수준 높은 육감 연구를 게을리 하고 있는 것은 몹시 안타까운 일. 그들은 본래의 놀라운 원시적 본능과 생동감 넘치는 환희를 잃어버린 것이 분명. 육감은 원래 인간에게 번뜩번뜩 넘쳐나던 놀라운 능력이 아니었던가. 근데 지금은 우리가 더 우월해. 어찌된 것인가. 뿡뿡(이들은 방귀를 통해, 자신의 안타까움을 냄새 언어로 전달함)"

　궁금증을 참지 못한 우등소년 '스메리독특케요' 씨는 결국 토익을 팽개치곤 ([토익] '토성말 능력시험'을 뜻하는 단어. 그들의 제 2언어인, '냄새'의 양과 질을 측정하여 점수를 내는 테스트이다, **토성 개념어 사전**), 개처럼 알바를 뛰어 번 돈으로 결국 지구행 우주선에 오르고 마는데…….

　지구에 온 지 이제 반년. 덕분에 거의 뭐, 바보로 의심될 만큼의 엄청난 실수를 매일 생산해내고 있다. 그러나 미워할 수 없게 끊임없이 김치를 씹어 삼키며 지구인을 열혈 연구 중이라는데……. 또 주제에 같잖게 자신만의 시각으로 떠들어대는 것을 좋아한다. 오늘은 또 무슨 얘길 하시려나.

　"삐리빠빠! 이제 알았다. 요즘의 지구인은 사랑을 몹시 두려워하고 있다는 것을. 다들 그걸 무슨 쓸데없는 취미생활쯤으로

인식하고 있어들. 이것은 기성 인류가 퍼뜨린 폭력이다. 난 정말 우주대폭발 만큼이나 화가 나 있는 상태야. 지금 자라나는 푸릇푸릇 새끼인류들은 압사당하고 있는데! 도대체 무엇을 위해 인간은 숨 쉬는가. 덕택에 오감조차 둔해졌지. 이런 상황에서 어찌 토성인 같은 고차원적 식스센스가 살아남을 수 있었겠어. 삐르빠빠 빠리 빠빠. 하…… (은하수를 바라보며) 내 눈을 바라봐, 넌 나랑 사귀고……”

싫어, 꺼져. 그나저나 니 말이 맞다면 지구인은 앞으로 어찌해야 하는데?

“모두들 반드시, ‘뿌룽뻽뿡’을 해야 한다!!!”

([뿌룽뻽뿡] ‘연애’라는 뜻의 냄새 언어, **토성 개념어 사전**)

남다른 주장과 파괴적인 표현력으로 우리에게 날감동을 선사하는 사고뭉치 외계인. 그딴 얘길 지껄이려거든 나한테 애인이나 대령해달라고 쏴주고 싶지만, 귀여우니까 침착하게 참아보았다. 어쨌든. 모쪼록 앞으로 지구에서의 그의 행보가 기대되는 바이다. 자, 똑똑한 외계인이여, 말로만 잘난 척 말고 아예 직접 인류에게 연애상담을 해주시는 건 어때요?

“뭐?
뭐라고뿡?”

연애세포는 죽지않아 잠깐 조는 거야

전 21.5살 여자사람. 아무래도 연애세포가 다 죽은 거 같아요. ㅜㅜ

그냥 모쏠이라고 봐도 무방.

옛날엔 친구들 연애하는거 보면 부럽고 난 언제 저러나 싶고 질투날 때도 있고 했는데

요즘은 그냥 그러려니 저러려니 허허허.

아무렇지도 않고. 오히려 잘 사귀는 커플들 보면 훈훈하고.

주변에서 연애 안 하냐고 하면 허허허.

근데 막상 하려고 하니 귀찮고 겁도 나고 어디서부터 뭘 어떻게 해야 될지도 모르겠고. 어릴 땐 아이돌 가수라도 좋아했지.

고딩 땐 잘생긴 배우라도 좋아했지. 지금은 원빈을 봐도 설레지도 않아요.

나 연애세포 다 죽은 거에요??

그런 거에요??

안녕 난 **할매**이니라.

이보소, 내 보기엔 연애세포 안 죽었수. 다만, 어쩌다가 아이쿠, 발을 헛디뎌 그만 깊은 우물에 퐁당 빠진 걸세. 개굴개굴.

요즘 그런 사람 많아. 쌔고 쌨어.

그 우물이 뭘 상징하는고. 생각하기에 따라 다르겠지. 근데 내가 이건 하나 알아. 그 우물로 아가를 밀어버린 거. 그건 말일세, 이 퍽퍽한 사회분위기. 고 망할 것이 젊은 그대들이 맘껏 활개치고 돌아다니고 만나고 얘기하고 사랑하게 하는 기회와 공간을, 죄다 막아놓고 엎어놓았다는 거.

혹시 그대가 스스로에 대해 제법 자유롭고 배짱 있는 자라 여기고 있다 하더라도 말이여, 내가 보기엔 당신 포함한 젊은 아가들, 그 누구랄 것도 없이 다……

쫓기고 있어.

불안해하고.

댁들 탓이 아닐세. 그저 아가들은 희생자라우.

그러니 자신이 좋아하는 취미도 제대로 못 즐겨, 자신의 취향도 제대로 알지 못 혀, 그저 일하고 공부하느라 제 주위에서만 빙빙 맴도니, 본인이 진짜 좋아하는 걸 못 찾고, 오늘도 내일도 익숙한 것만 향유하게 되는 것이제. 그러다가 결국, 요 예쁜 아가가 원빈마저 덤덤허게 여기는 "파국"까지 치달았네그려!

뭐…그래도 취향은 다양한 거니께……나도 사실 원빈 별로. 박해일이 좋…….

(잉?)

어쨌든 그래서, 껄껄.

어이구, 통재라. 이보시게 예쁜 처자. 방법은 하나야.

귀찮음을 내게 모조리 다 보내줘. 우리 집 맷돌에 다 갈아버림세. 돌아다니시게. 이 공기를 느끼며. 본인의 취미, 본인의 특기, 평소에 궁금했던 거, 호기심 일었던 거, 상상만 말고 직접 해보시게.

왜냐하면, 원래 그런 걸 하고 뛰어댕기면 말일세, 껄껄. 자연스레 다양한 사람을 만나게 되거든. 그대가 상상하지도 못한, 새로운 세계, 신천지가 열릴 것이여! 그곳에 이렇게나 많은 사람들이 득시글거리며 드라마를 만들고 울고 웃고 있었음을, 분명 화들짝 오감으로 깨닫게 될 게야. 그리고는, 세상에, 이렇게나 나와 통하고 나랑 잘 맞는, 나를 떨리게 하는 매력남들이, 요로코롬 옴팡지게 수두룩 빽빽했다니 하고 감탄하게 될걸세. 본인의 마음, 본인의 심장을, 벌 쏘인 개구리마냥 파닥파닥 팔짝대게 하는 섹시하고 훈훈한 남정네를 분명 만날 수 있다고!

비로소 그때에, 자네가 죽었다고 생각한 세포아가들, 아주 마구 200년은 살 것처럼 펄떡펄떡 날뛰며 자넬 웃게 하리라.

그러니 이보소,

어서, 이 드넓은 세상에,

자네의 매력, 흩뿌려 보시게.

분명 잘 될 거야! 내가 행운을 빌어주지. 아가, 아가. 파이팅. 

널 사랑해, 네가 날 사랑하기 전까지만

 저는 여자구요. 지금까지 사귄 남친들이
다 제가 먼저 좋아해서 사귀게 된 건데 항상
엄청 좋다가도 저한테 사귀자하면 싫어지고,
사귀면 귀찮고 점점 싫어져요… 왜 그러죠??
ㅠㅠㅠㅜ
전 어떡해요?

안녕. 난 노래여신 마리아. 오늘도 노래를 부르고 싶군.

잘 들어 봐. 다소 뿡뿡거리는 아프리카 지방의 토산물 리듬을 믹스한 테크노발라드를 준비했으니까.

뽑뽑뿌루붑 뽑뽑뿌루붑쓰뚜루룹(부부젤라 소리) 뚜루둡 둡 훠허우예이예.

이거슨 무슨 증상

(어머나, 어머나, 어머나)

당신은 꼬꼬마야

(싸, 싸, 싸, 싸랑의 꼬꼬마)

젊어. 어려. 귀여워. 상깜찍. 아니라고? 다 컸다고? 놀리지 말라고?

오 오 오우. 노우노오. 노노노뇨노우뇨호.

씨스터어허허허, 예~ 이 언니의 말, 자아아알 들어봐하아아으하아.

그대는 누군가에게 꽂히면 속절없이 빠져드네. 미끄럼을 타듯

(하, 하, 하, 정열적인 사람)

열정의 끝에는 환상적인 놀이동산이, 오우, 그대의 머리가 만든 판타스틱 왕자월드

(오우, 오우, 오우, 왕자)

그대의 판타지. 너무 눈부셔. 모두가 본다면 기절할 정도.

그래요, 그대는 말이야, 그대만의 공장을 가지고 있는 거야. 오호오호 뭉게뭉게, 찬란한 상상공장!

그래, 상상은 즐겁지. 너무나 즐거워. 그것만큼 황홀하고 짜릿한 게 또 있니.

모든 게 그대 맘대로 이루어지는 그 곳! 어서 오세요, 웰컴 투 마이 머리랜드!

그래서일까. 늘 연애를 꿈꾸면서도 연애에 묻어있는 본질적인 그것, 현실적인 스멜! 그래 그래 그거! 당신은 그 냄새에 알레르기 증세를 보이고 있는 거라지!

그래서, 오, 그래가지구.

당신 머릿속 환상의 왕자님이 느닷없이 스크린을 찢고 나와 고백을 하면! 으악 깜짝야, 먹던 팝콘을 뒤엎고 눈을 감고 귀를 막고! 그댄 절대 안 보다네, 당신의 눈, 눈, 눈앞을.

(하, 정말 슬픈, 슬픈 애·기·네·요)

상대가 귀찮고 점점 싫어진다? 그건 당신의 상상을 보호하려는 방어기제의 작동! 보이지 않는 줄행랑! 아아아아 슬퍼라. 뭐 이리 슬픈 일이 다 있담?

이 예쁜 언니야. 오오호우. 언제까지 그럴 테야요.

이제는 문을 열고 당신의 예쁜 맨발로

(발, 발, 발 그대의 발로!)

세상을 잘금잘금 밟고 두드리고 느껴보라구.

(와와, 신나!)

상상보다 큰 현실을 만나게 되면, 상상보다 짜릿한 자극에 노출이 되면, 그대는 압도될 거야, 세상의 아름다움에. 숨쉬는, 찌질한, 허나 귀여운, 재밌는, 깨알 같은, 인간미와 인간미와 인간미의 세계.

시간을 갖고 적극적으로 들이밀고 만나보아. 수많은 사람을, 수많은 이야기를.

어느덧 그대는 성숙해지고 기분이 상쾌해지고

(와우)

동시에 그대 머릿속에 재생되던 생각의 콘텐츠들을 훨씬 풍부하게 키울 수 있을 테지. 그렇게 되면 당신은 상상을 좋아하는 귀여운 소녀에서,

(오)

상상을 조물댈 수 있는, 그러니까,

(놀아나지 않고!)

조련하고 조절할 줄 아는,

(호예)

남자의 구체적인 매력을 캐치할 줄 아는

(눈썹미킹)

섹시하고 매력적인

(쏘 촤밍)

무려, 뷰티풀, 신여신이 될 테지!

(아아, 생각만 해도 황홀해)

정말이야. 내 말 한번 믿고 따라봐. 물론 당장은 쉽지 않을 거야. 허나 조급해 할 필요도 없지. 예압.

그저 **조금만 더 당신 걸음의 폭을 넓혀줘. 자주 걷고 멀리 걸으면 돼.** 정말 충분해. 진짜야.

(진짜, 진짜, 찐짜야)

당신은 아직 풋풋하니까.

해피엔딩 무한기원! 부디 곧, 욕정 넘치고 화끈화끈후끈후크끈핫핫한 정열의 사랑에서 허우적대기를!

그럼 안녕! 쓰뚭, 땁! 쓰뚭뚭 프, 따하!

(환상적인 코러스와 함께 현란한 문워크로 퇴장하는 마리아)

내숭? 먹는 건가? 우걱우걱

Q 저는 여자구요. 내숭이 없어요. 남자들이 보든 말든 실내야구 농구 게임 펀치 등등 아주 잘하며 말투도 무지 터프해요. 처음 만난 남자에게 운동 얘기를 하고 태권도가 몇 단이며 그런 얘기 막해요. 이러면 안되는 걸까요? 솔직한 건 매력이 될 수 없는 걸까요. ㅜㅜ

나에게 경배하라.

난 이름을 말해서는 안 될 자.

모두가 다 두려워하는 다크 오브 다크니스.

500년 솔로 역사의 산증인, 볼드모태. 내 위엄을 알겠느냐. 그렇담 꺼져.

난 호그스 헤드의 한 작은 바에서 버터소주를 좀 들이켜야 하니까.

아씨오 알콜. 아씨오 알콜! 아씨오 알……. 아, 형, 여기 주문!

…………(자세를 고쳐 앉으며) 글 잘 읽었다.

우선 물어볼 게 있다. 사실대로 답해봐.

……………(장시간의 침묵이 흐른 뒤)

지금………장난하나…… 지금 장난하냐고! 너, 지금 나 놀리냐, 어?

너, 진짜, 정말…… 내 스타일이야! (갑자기 주변이 환하게 빛나며 꽃잎이 날아다닌다) 이 앙큼한 여자. 내 어둠을 해제시키려 하다니 이 놀라운 여자.

(주변의 손님들이 다 놀란다. 이에 상관 않고) 너 혹시 마녀냐. 아니면 머글이냐. 하, 태생은 중요해. 아니야, 중요치 않아. 내겐 사랑만 있……. 아, 시발. 내 체면

(서둘러 낯빛을 흙빛으로 바꾸며 진지하게) 당신이 착각하고 있는 게 몇 가지 있다. 정말 단단한 착각이지. 내 러블리 애완뱀 내기니에게 좀 물려봐야 정신을 차릴 것 같군. (옆에서 내기니는 황도를 먹고 있다)

41

우선 내가 500년 넘게 산 건 잘 알고 있을 것이다.

난 유명하니까. (토 달지 마)

난 어둠의 마법을 하며 지구 방방곡곡을 돌아다녔어.

당연히 사람도 많이 만났지. 정말 별 사람 다 있더군.

아, 시발. 잊을 수가 없어. 군대 얘기보다 재밌으니까 다음에 들어봐.

어쨌든.

그렇게 100년쯤 수억 명의 사람을 만나다 보니 어느새 난 진리를 깨달았지.

진리? 그래, 질리질리 진리! 바로……

(양피지 두루마리를 꺼내고는 그 위에 신들린 듯 써내려간다)

'세상은 넓고 머글은 존내 다양하다.'

야, 너 표정이 왜 그래. 나 정말 진지해.

무슨 캠페인이나 도덕 수업을 하려는 게 아니라 정말 내가 레알 느낀 거야.

트롤! 아니, 트루! (머글 말은 참 어려워)

사람, 다양해.

세상을 좀 아는 성인마법사로서 내가 너를 봤을 때 넌 정말 평범해.

보편적인 여자야. 그리고 지극히 여자야. 완전 여자, 남자 말고!

못 믿겠나? 그럼 또 들어봐.

내가 비록 모태어둠이지만 말이야, 여자사람 부하, 여자사람 친구, 여자사람 적, 여자사람 머글 내 주위에 득시글한데……

실내야구, 농구 게임, 펀치? 오우. 넌 완전 우리꽈야.

내 여자지인들이 만든 〈환상적이고도 놀라운 스포츠 매니아 여자의 세계〉라는 카페 가입해볼래? (의뢰인은 고개를 젓는다)

그리고 무엇보다 그녀들은 날 반하게 해. 진짜야! 내가 막 대시도 많이 했어. 마법사라고 거절당했지만.

(흑흑흑흑. 갑자기 고개를 파묻고 운다. 잠시 뒤 목멘 목소리로)

그녀들은 충분히 섹시하고 귀여워.

말투가 터프하다고? 그게 얼마나 애간장을 녹이는데. 태권도가 몇 단? 남자들, 그런 얘기하는 여자 완전 좋아해. 정말이다. 자기넬 잘 이해해줄 것 같거든. 흐악후압! 매력이 넘치지. (갑자기 신나서 유니콘 피를 원샷하는 그)

좋아, 이게 바로 너의 생각과 실제 현실의 괴리이다.

그럼 두 번째, 넌 왜 그런 말도 안 되는 착각에 빠졌는데?

왜 너의 터프함이 매력이 될 수 없다고 생각했는데?

그 이유는 니가 정말 사람을 적게 만나봤기 때문이야.

부정하고 싶은가? "으앙, 저 발 완전 넓은데. 저 만나는 사람 레알 많은데. 저 만날 돌아다니는데."

아냐, 너으 착각이야. 니 세계가 그렇게 좁지 않고서야 그렇게 일찍이 너에 대한 스스로의 평가를 그따구로 내렸겠어.

더 자세히 얘기해주고 싶은데 글자로는 한계가 있군. 직접 만나서 널 코치코치 파헤치며 내 주장을 증명하고 싶다. 그러니 번호 좀……(내기니가 그의 목을 감싸 서서히 조이는데) 켁. 엑켁. 엑켁켁. 아, 알았어. 스투페파이. 자 그러니까, 내가 하려던 말은……

놀러 다녀. 나한테 혼나기 전에. 남자를 찾아 으르렁거려봐.

태권도 어따 쓸 거야. 막 보여주고 다니라고. 태권도 도장도 다니기 시작해. 운동 동호회에 가서 아예 막 어필하든지. 제기럴, 거기 갱찮은 머글 진짜 많아. 어깨가 아주……(쳇, 아브라발닭그라!)

또 뭐 없는가? 너 좋아하는 거 없어? 없어? 너도 어둠 속에 갇혀 있는 거 좋아해? 좋아, 그럼 나의 부활이나 돕든가. 나처럼 살 거야? 넌 나만큼 비범하질 않잖아. 그러니까 찾아가. 만나. 너의 공간은 너무 좁아. 그게 문제. 어둠의 마법조차 숨막혀 할 만큼. 뛰쳐나와. 지팡이로 쏴. 제발 날아다니라고.

아오, 빡쳐! 그래서 머글이 문제야. 빗자루도 탈 줄 모르고! 어우, 답답해. 다들 너무 걸어들 다녀. (하며 자신의 뱃살을 어루만진다)

무튼 머글머글머글머글. 우리들은 너를 바래.

우리가 사모하는 여자란 걸 잊지마.

하, 나 오늘 말 너무 많았어. (한 잔 먹고 바에 고꾸라진다)

맘에 없는 남자도 여자들은 한번 만나볼 수 있나요?

제가 모태솔로인데요…… 그게 다가오는 남자들은 다 쳐내요…… 갑자기 저한테 다가오면 부담스럽더라구요 ㅜㅜ

문자 오면 답장은 잘 해주는데 갑자기 고백;이라던가 만나자 이런 얘기하면(이성으로 다가오면) 어떻게 거절하지 고민하다가 씹어버리거든요

그러면 상대편은 한 2~3번 만나자이러다가 한번만 만나주면 안되냐, 기회를 주면 안되냐

이렇게 매달;;린다고 해야하나? 이러고 제가 미안…… 이러면 끝내버려요 이게 3번째임.

주위 친구들은 니가 그래서 모태솔로라면서 여자들이 다 첨부터 좋아서 만나는 거 아니라고 한번 만나기라도 해보라는데 전 남자랑 단둘이 친구라도 밖에서 따로 만나본적이 없어서 그런 거 두렵고 어색하고 그렇거든요……;;

그니까 얘네가 싫은건 아닌데, 이성으로서 좀 두려운거에요.

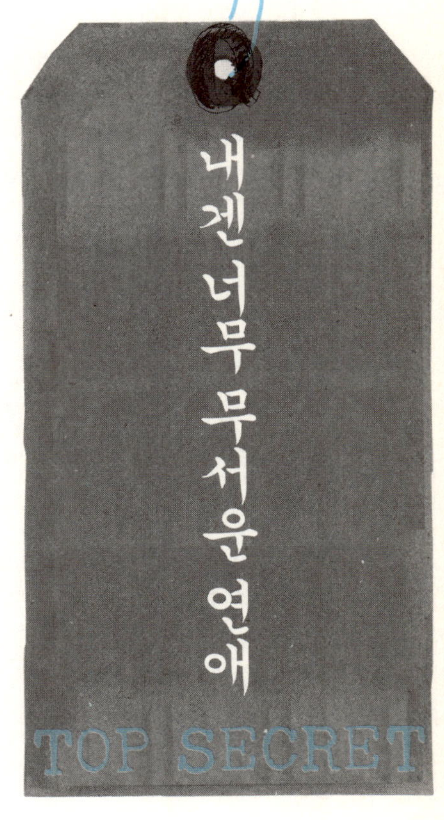

그러고 좋은 거 아니면서 자꾸 문자 답장 해주는 이유는 씹으면 미안하니까……구요. 만나자, 이런 문자는 왜 씹냐면 무슨말을 해

야할지 모르겠어요 ㅜㅜㅜㅜㅜㅜ 얘 맘에 스크래치 내기 싫고……남한테 맘쓰는
성격이거든요 제가 걍 대답 안하면 대충 짐작하겠지 이런 마음……

진짜 궁금한 게 여자들은 상대가 나쁘지 않으면 맘에 안 들어도 자꾸 대시하면
만나보는 경우가 많아요?

그리고 모쏠이고 요즘에 외롭거든요. ㅜㅜㅜ

외롭다면서 다가오는 남자는 쳐내네요.

얘는 자꾸 만나자고 하고, 저는 좋아하는 건 아닌데 외로우니까 만나면
나쁜년인가요??ㅜㅜㅜ

안녕하신가, 힘세고 좋은 아침. 나는 외계인.

고향은 토성의 띠. 나는 유학생물이다. 인간을 탐구하러 왔다.

지구 문화에 익숙지 않으니 가끔 내가 22세기적 은하수 표현을 던져도 넌 견뎌야 한다. 미안. 그럼, 시작할까.

굳이 싫은데 만나줄 필요는 없어서 그런 거면, 띵똥똥, 좀 문 다. 그런데, 당신에게 '공포'가 제일 수 있겠다.

만나고 노는 것도 습관이다. 습관을 들일 필요가 있다. 왜냐하면, 그래야 진짜 자기가 좋아하는 남자가 생겼을 때, 멋지게 굴 수 있기 때문이다.

남자 만나서 무슨 얘기 할 건지, 남자를 어떤 모습으로 꼬실 건지, 보통 인간들이 뭘 좋아하고 뭘 싫어하는지, 그 감이 있어야 할 거 아닌가.

 내지
는 '외로워서 만나는 건 나쁜 건가요?'라는 말을 내게 당당하게 할 수 있는 것. 그뿐
인가. 그때부턴 모태솔로든 뭐든 간에 막 튕겨도 우아한 것이다. 자기주도적이므로.

하지만 지금은, 모양새가 그게 아니잖아. 벌벌 떠는 생물체에 불과. 그러므로 그날
이 오기 전까지 당신은 도전을 좀 해야한다.

나쁜여자생물 되는 거 아니냐고? 말 안 하겠다. 그 답, 당신이 알아내라. 그 옳고 그
름도 당신이 맞춰봐라. 직접 경험해보면서. 나쁜 짓도 한번 좀 해보라. 나중에 벌 좀
받고. 뭐 그게 대수인가? 어차피 인생은 거칠다. 피 말리고 고통스러운 것 투성이. 지
구인 하나가 그 짓 좀 한다고 우주 대혼란 오는 건 아니다. 헤어질 때 백팔배로 사죄
해라. 그 사죄하는 굴욕, 인생 수업료라 생각하고.

똥땡땅똥. 고갱님, 불편함을 끼쳐 대단히 죄송죄송.

그럼 혜왕성의 이티 기운을 보내며. 파이팅.

여친 만
그런지 23
했네요 그렇
거나 그래서 그
백도 많이 받아봤
난 애들도 있는데 결
서 안 만나게 되네요 이
떻게 해야 될까요

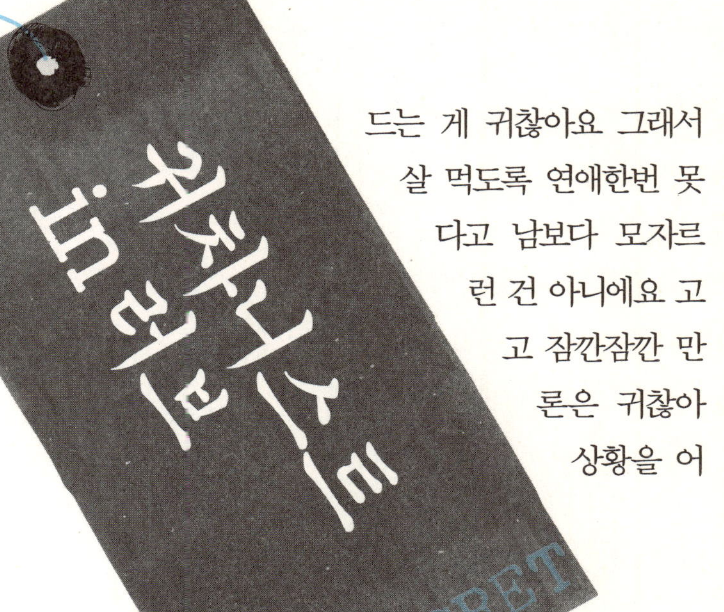

드는 게 귀찮아요 그래서
살 먹도록 연애한번 못
다고 남보다 모자르
런 건 아니에요 고
고 잠깐잠깐 만
론은 귀찮아
상황을 어

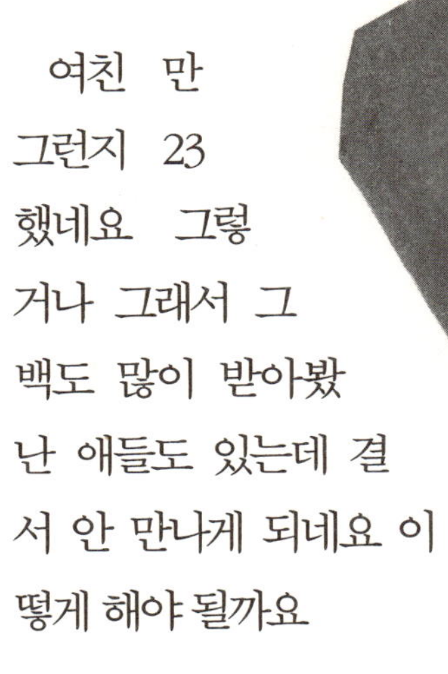

49

난 마법사 볼드모태,

어둠을 먹는 지배자. 세상에서 가장 잔인한 인간.

이름을 말해서는 안 될 자……으하하하하하학.

갑, 갑자기 목에 닭 뼈가 걸……. 엑켁. 엑켁엑.

(자세를 고쳐 앉은 뒤) 컹. 자, 이제 진정됐다.

그래, 귀찮아서 안 만나게 된다………아오, 벨라트릭스, 어디 있어? 어떻게 저런 소리를 내 귀로 듣게 만드는 거지. 누가 쟤 데리고 오래. 넌 나의 분노를 가중시켰다. 아브라깨알브라!

이 사랑의 부르주아 자식. 후. 아. 아. 그래. 해리포털보다 나쁜 건 없다. 다만. 음. 젠장. 생각 좀 해보겠다. 아오, 내가 왜 이런 생각까지 해줘야 하는데. 내 코가 석자거늘. 파이야. 파이야. 이 파이야볼트.

자, 봐. 당신의 귀찮음은 어느 나라 어느 지역에서 생성되고 있는가.

세계를 두루 돌아다니는 내게 물어보란 말이야. 바로 답해줄 테니.

정답! 아프리카 꿍디꿍디왕국의 '호기심 없어효' 지방.

뭐야, 왜 남의 호기심을 강탈해. 못된 구역 같으니.

흔히 사람에게 매료되는 장면은 요 모양 요 꼴이지. 첫눈에 그 사람의 외모에 그 사람의 귀여운 목소리에 그 사람의 왕 점에 그 사람의 발톱에 어머! 하고 훅.

말하다 보니 얘네 진짜 재수 없군. 내기니 어딨어. 어서 쟤네들 물어!

근데 의외로 꽤 많은 경우, 그 결정적인 **뻘링인러브**의 순간은 말이야, 느닷없이 불딱 나타난 게 아니라, 그 전부터 설설 몰래 기어 다니며 당신들을 휘감은, 사랑의 준비단계, 애정 유발 지렛대돈는 긴 역사를 깔고 있는 때가 많아. 사랑을 영양 간식으로 즐겨 먹는 머글쟁이들의 말에 따르면 그래.

어쨌건 그러한 사랑은, 그러니까, 그러므로, 당근 **시간이 걸리지.** 상대적으로 많은 만남의 횟수가 필요하니까. 꽤나 수고롭고 번거로워. 그래서 난 안 해. 그래서 볼드모태가 되었지. 하지만 적어도 머글들에겐 그러한 일련의 과정들이 소중한 추억으로 남는다 하더군. 그렇다더라. 즐거움이 된대. 어떤 이들은 그걸 무려 삶의 유일한 낙이라 부르지를 않나.

자, 본론. 댁이 잘못했다는 건 아니지만, 어쩌면 그대가 단순히 지금처럼 연애뿐 아니라, 삶, 그래, 전반적인 삶 자체에 지쳐있거나 뭔가 무의식적으로 불편함을 느끼고 있어서 머글의 본성 중 하나인, 모든 과정의 번거로움을 이겨내게 하는, 그 **번뜩이는 호기심을(!) "잃어버렸을"** 가능성이 있어. 하, 숨차. 그래서 난 그대에게, 호된 생각의 시간을 권하고 싶군. **여유를 갖고 당신의 발자취와 현재의 상황을 살펴보는 게 어떠한가.** 즐겁지 않은 구석을 발견하고 그것이 당신을 어떻게 괴롭히고 있는지도 한번 생각해 보라. 자신을 아껴 보라고. (썩을! 낯간지럽네)

삶은 누군가가 주는 대로 사는 게 아니야. 그러니 숨을 좀 고르고 정신 차리라고. 안 그러면 내가 너 잡아다 키우겠다. 빠이야. 그대에게 폴리주스를 멕여서 애완지렁이로 변신시키고픈 욕망이 지금 막 바실리스크 뿔처럼 솟는 중이다. 싫다면 지금 꺼져. 유혹하지 말고.

어쨌건 내 말 끝. 아오, 피곤해. 아브라카스트라. 악. 또 다⋯⋯닭 뼈가 목에⋯⋯.

The WIZARD OF OZ
53

고갱님~
여기,
용기한 잔
리필이요

사랑에도 짬짜면이 있다면

　유일하게 친구 중에 남자애가 한명 있는데요, 제가 이 앨 좋아하는 걸까요ㅜㅜ??

　대학 1학년때 첨 만나서 디게 허물없는 친구가 되었어요. 저나 그애나 남자여자로 느끼지 않고 그냥 친구로 지내면서 각자 애인에 대해 상담하고 얘기하고 이렇게 지냈는데요. 어느날 그애한테 여자친구가 생겼다는 걸 듣곤 왠지 모르게 기분이 나빠졌어요.

　알고보니 그 여자친구가 같은 학교 애고 제 친구의 친구더라고요. 그 여자애 소문도 별로 안 좋았엇고 그래서 왜 그런 앨 사귀냐고 막 그러고 이랬었어요ㅜㅜㅋㅋ 그러다 내 친구가 군대가는데 그 여자애랑 헤어지고 갔더라구요. 그랬는데 군대에서 첫 휴가 나오고 들어가면서 그 여자애랑 다시 사귄다는 거에요. 또 기분이 나빠진 나는 왜 사귀냐면서ㅜㅜ막머라하고ㅜㅜ

　그러다가 또 여자친구랑 싸웠나바요. 저한테 전화와선 상담하길래 난 무조건 헤어지라고 뭐 그런 애가 다 잇냐고 적극 추천햇어요, 헤어지는걸ㅋㅋㅋ그리고 헤어젓단 소릴 듣곤 또 기분이 좋아서, 하하하. 이렇게 얘기하다 보니 나 친굴 좋아하는 거 같네요ㅋㅋㅋ 그럼 질문을 바꿔서요ㅋㅋ 어떡해야댈까요ㅜㅜ 여태껏 친구사이엿는데ㅜㅜ 고백해도 차이면 다시 친구 사이 못하고 어색해질까바 겁나고, 그렇다고 내 맘을 숨기기엔 너무 힘들고ㅜㅜㅜ

안녕, 난 외계인. 토성에서 온 외계
생……아아, 고향 가고 싶다. 사랑 넘
치는 그 곳.
　……지구인이여. 내 말 좀 들어보
라. 뿜삐립뿜뿜.

너는 말했다.
'고백했다가 차이면 어색해질까봐
겁나고'
당연히 어색해진다. 그건 지나가는 외계인도 짐작할 수 있다. 너는 또 말했다.
'그렇다고 내 맘을 숨기기엔 너무 힘들고'
당연히 힘들지. 정말 그건 지나가는 이티도 알 만한 얘기.
자, 그럼 내 얘기를 한번 들어볼래?

내가 지구에 처음 와서 제일 먼저 간 곳은, 중국집이었다. (이런 얘길 왜)
지구가이드가 물었다. 짜장 먹을래 짬뽕 먹을래. 나는 몹시 신중하게 대답했지.
짜장 아니 짬뽕 아니
짜장 아니 짬뽕 아니
짜장 아니 짬뽕 아니
짜장 아니 짬뽕 아니
짜장 아니 짬뽕 아니

짜장 아니 짬뽕 아니

짜장 아니 짬뽕 아니

……

1시간 뒤 가이드가 자신의 무전기를 꺼내 탁자를 부수며 소리쳤다.

……

"짬짜면도 있다, 이 고갱님아!"

……

지구생물이여, 내 질문에 답하라.

사랑에도 짬짜면이 있을까.

아니. 안타깝지만 존재하지 않는다. 그저 짜장 먹으며 남의 짬뽕 쳐다보고 짬뽕 먹으며, 아오, 짜장 시킬 걸, 한숨 쉬는 수많은 타령들만이 난무할 뿐.

지금 당신 불안, 충분히 이해는 된다. 우정과 사랑, 둘 다 위험에 처해서 오들오들 떨 법도 하다.

하지만 당신의 경우, 내 장담컨대, 둘 중 하나는 포기할 각오해야 한다. 사랑이든 우정이든……

안타깝지만 그게 지구의 이치, 수억 년을 그렇게 돌아간 메커니즘. 뭐든 하나를 희생해야 다른 하나를 얻는 룰.

그러니 지구인이여, 결단을 내리시라. 용기가 필요하다. 잘 생각해봐. 당신이 어떤 걸 더 잘 감당할 수 있을까. 용솟음치는 사랑의 마음을 참고 그의 곁에서 친구행세 하는 것. 아니면 그대 마음 고백하고 어색한 사이로 턴 하는 것.

결정은 자유, 허나 팁!

내 생각은 이렇다. 당신 맘에 샘솟아버린 사랑이란 감정, 그거 억압하기 힘들지 않은가, 그리고 억압하기엔 너무 아쉽잖아. 북두칠성마저 울부짖고 있어.
그리고 한 마디 더.
친구는, 다른 사람이랑 하면 된다.
그러니 부디 사랑만은, 지금 피어난 흑심의 방향을 따라가서, 그 끝에 서있을 그 남자한테 바치는 게 어때?
용기가 필요하면 우주의 신 알락싼드르싼드르킹에게 기도를 해봐라. 조크 아니다. 진짜 효과 있다.
(……뭐래) 미안.

어쨌든 선택은 당신 몫. 지구인이여, 그대 마음 잘 들여다보길.
뻬르빠빠.

그녀가 보고 싶어 미치겠어요

그 여자⋯⋯보고 싶다.
근데 연락 못 하겠어.
절대
못~~~~~~해!!

안녕 난 마리아. 사운드오브뮤직을 목구멍에 발라버린 여신. 노래를 시작할게. 오늘의 노래는 오페라 아리아.

♫1절♫

(피아노에서 흘러나오는 반주 소리) 뚱, 따리리리 또로로로 따라라 떵도로로로, 떵떵땅

보고 싶음 연락해요오. 쓰뚜루룹 휘우예에.

두려워서 그런가요오오. 오우호우훠우화아아 예에.

그렇다면 하지뫄요. 쓰뚜루루 뚜비뚜부.

하지마아아아아. 하지마아아아아. 하지마아아아아.

오늘도 하지말고 내일도 하지말고 내년에도 하지말고 후년에도 하지말고

죽어가도 하지마!

(하지마!)

무덤가도 하지마!

(하지마아!)

묘비로도 하지마!

(하지마아아!)

가루되도 하! 지! 뫄아아아아아아아아아아아아아아아아아아아아아아!!

♫ 2절 ♫

어차피 썩을 심장, 애껴서 무엇하리. 그냥 시키는 대로 해. 너으 소리, 너으 노래를
따라가.
(어머어머 저 표현 봐)
왜 그래, 무슨 문제 있어?
(청춘영화에나 나올 법해)
그래 저 오빠가 뭐 어때서
(취향이 막 20세기야)
그래그래 내 상담스타일은 20세기, 19세기,
18세기야아아아아아아아아아아아아아아아악!!!!!!!!!!!!!!!!!!!!!!!!!!!!!!!!

♫ 3절 ♫

(전조: 슬픈 가단조)
당신이 그렇게나 구린가요……. 아니면 끝난 사이인가요……. 뭘까……
그래, 어쨌건 당신 참 등신처럼 보일지도 몰라.
괜히 전화했다간……오오, 난 몰라.
(아아)
몰라.
(워어)
몰라.

(휘우)

몰라……

♫ 4절: 하이라이트 ♫

그래도 어쩌겠어. 괴롭잖아요! 지금 당신이, 당신이, 당신이 뭐가 어떤데.

(아냐 좀 심해)

심해? 심해? 심해는,

심해상어의 놀이터.

(오우, 센스 봐)

미, 미, 미안, 베이베.

100년이 가도 당신 안 멋있어지면 어쩔 건데? 정말 계속 침묵해?

(휘우휘우, 저주는 아냐)

중요한 건 바로 지금, 그리고 당신의 용! 기!

(맞! 아!)

누가 뭐래도 연락해. 망신 두려워도 연락해. 그녀 목소리가 들리면 이렇게 말해요.

만.나.자.고.

그러면 그녀는 눈물을 떨구며 감격스런 목소리로 대답하겠지.

(팀파니 소리) 두구두구두구두구

……………………………

뭐 이런 잡쓰레기를 봤나 (헉!) 이 더운 여름에 뭐하는 짓이야 (뭐?) 쿨하지 못하게

(미안!)

빨리 꺼져 아프리카로! 치타한테 먹혀, 이 아기 노루약!

(아니, 영희! 잠깐만! 영희! 영희! 영ㅎ)

뚜뚜뚜뚜뚜뚜뚜뚜

뚜뚜뚜뚜뚜뚜뚜뚜

뚜뚜뚜뚜뚜뚜뚜뚜

뚜뚜뚜뚜뚜뚜뚜뚜

♪5절♪

(검은 무대에 한줄기 스포트라이트가 비치고)

모든 게 끝났어요. 당신이 두려워하던 바로 그 장면이 그대 인생에 떠올랐어요.

(우우우~ 아아아~)

그렇게 벌어졌어요. 당신의 자존심은 갈기갈기 찢어질거야……

(이것이 결말인가. 아아. 사랑은 병신같아.)

그래도 나는요, 조언하겠어,

(뭘?)

당신은……………연락해야 해!

(헉!)

까임을 당한대도! 망신을 당한대도!

(왜?)

그게 그대의 삶에, 멀리 본 그대의 삶에,

아니, 아니 그보단,
지금 바로 이 순,간,에
에에에에에에에에
에에에에에에에에
에에에에에에에에
가장 찬란하고 아름다운 포도당이 될 거니까!!!
(전조: 병아리 다장조)
 그 순간에
모든 걸 **감당** 하고서, 멋진 용기를 내서, 연락을 세상에 우우
뭐 이런 멋진 사람이……아아. 당신은 프 성숙해졌어. 우우우우. 이제 새 출발을
해! 오오오. 넌 할 수 있어! 와우와. 눈 딱 감고 달려가라구!

♫ 에필로그 ♫

멋쟁이 멋쟁이 댁은 멋쟁이
(어머나 멋쟁이)
이제는 대차게 살아보아요.
(휘우예에)
지구는 넓어요, 용기를 내요.
(내요)
하고 싶은 대로 해! 요!

그러니 지금 당장!

연락을 연락을 연락을 연락을 연락을 연락을 연락을
(오케스트라 사운드와 함께 출연진 모두 지구를 한바퀴 돌면서 페이드아웃)
끗.
오우, 그럼 난 이만 내 고향 스위스행!
안녕!

밀당이야, 내가 싫은 거야?

　요즘 전 남친 친구한테 연락이 와서 카톡을 하고 있는데 전 남친이랑 사귈 때 자주 같이 만났던 오빠고 절되게 귀여워 해줬거든요. 제가 눈치가 빠른데 근데 지금 연락하는 의도가 백프로 작업인데……. 휴.

　그래도 전 남친 친군데 사귀자면 어케요? ㅜㅜ 그 지역 좁아서 사귀면 맨날 마주칠 텐데. 참고로 전 남친은 깨진지 한 달도 안돼서 다른 여잘 사귄 예의 없는 자식이에요.

　제가 걱정되는 건 친군 끼리끼리잖아요. 휴…… 어떡해요? ㅜㅜ

난 이름을 말해선 안 되는 자.

볼드볼트 이백볼트 삼백모태.

나처럼 500년간 마법 게이지를 상승시켜온 마법사가 있는가. 나랑 싸우자. 좋은 주문 뭐 있지? 오, 그래, 스투페파이. 건포도파이. 건블루베리 파이. 삼쩜일사 파이. 아오. 오늘마저 핑크무드에 나의 어둠 또 희생시켜야 하는가. 망할.

나도 못하는 연애를 왜 내게 묻는 거지. 내 어둠의 마법을 비웃는가.

아브라까나리액젓세일! 빨리 듣고 사라져. 어디 있어, 내 버터막걸리.

크게 두 가지를 짚어야겠어.

'제가 걱정되는 건 친구끼린 끼리끼리잖아요.'

그런 경우가 많긴 하다. 허나 지금 그걸 어찌 장담해. 편견은 버려 롸잇나우. 전 남친한테 당했던 상처, 또 다시 재현될까 두렵나. 하지만 어리석다, 너. 미래의 모호한 결과마저 두리번두리번 고려해야 할 정도로 그 오빠한테 솔직히 안 끌려? 아니잖아. 어쨌든 너! 그가 좋잖아. 맞아, 어쩔 수 없어, 넌 자석마법처럼 끌리고 있지, 그 망할 놈의 사랑.

하. 해리포테이토 같은 여린 놈들!

헤이, 머글들. 이게 웬 난리야. 왜 나한테 몰려와 토마토를 던지는 거야?

아오, 알겠어! 좋아. 윙가르디우우……켁.

그래, 사실 해주고 싶은 말은 이거라고. 지금 니 감정, 무시하지마. 똑바로 봐라. 왜냐, 지금 니가 확실히 느낄 수 있는 건 그 오빠가 가지고 있을지도 모를 예의 없음과 바람기가 아니라 지금 니 속에서 요동치는 감정뿐이니.

연애의 본질과 시작은 지금 감정에 온전히 충실한 것 아닌가, 그거 아니냐고.

사실 그것 때문에 연애는 어쩌면 자기 자신을 상당히 진지하게 '존중'하는 일 같다. 다른 거 안 재고 남의 타성에 젖지 않고 자기 감정에서부터 뜨거운 사랑을 오롯이 끌어올리는 것.

난 그럴 생각 없지만 적어도 머글인 넌 기꺼이 그 파도에 휩쓸리길 바란다. 장기적으로 봤을 때도 네 삶에 도움이 될 것이다. 뭘 하든 네 인생의 기준은 너 자신이 될 테니까. 그보다 더 멋진 소득이 있겠는가.

근데 왜. 왜. 왜 또 망설여. 하. 내 지팡이 어디 있어? 확 뭘 좀 쏘아 줘야 되는데. 아 씨오 지팡……

'그래도 남친의 친군데……그 지역 좁아서 사귀면 맨날 마주칠 텐데'

음……망할.

어느 정도로 민망할 것 같나. 엄청 죽을 정도로? 혀 깨물고 쓰러지고 싶을 정도로? 화산에 몸을 던지고 싶을 정도로? 그렇담 내게 와!!! 나랑 사귀면 만사 다 해결되잖아. 동굴 문을 활짝 열어두지. 언제든 와도……아악. 깜짝이야. 왤케 더러워. 후……하……. 문은 좀 이따 열어주지.

내 생각은 이렇다. 너무 그를 신경 쓰면 당신이란 머글은 앞으로 상당히 오랫동안 그에게서 자유를 빼앗기게 되는 꼴. 안 그런가. 생각해 봐……억울하잖아.

구 남친, 구 머글! 과거야! 오히려 니가 쿨해지면 복수도 되는 법. 그냥 막 활짝 웃어 보는 건 어때. 너무 어렵나? 그리도 빤빤해지기 힘들까. 연약한 머글. 그렇다면……. 푸하하하하하. 좋은 생각이 났어. 그 대시남을 소환하자! 아씨오 대시남!

사실 고민은 너보단 걔가 해야 돼. 친구의 전 여친에게……세상에……껄떡대다니. 뭐 이런 **천인공노? 노노! 뭐, 저런 브레이브 머글.** 음……같이 유니콘 피를 좀 건배하고 싶군.

니가 아직 찜찜하고 겁난다면 그 오빠라는 자에게 확실히 물어 보는 게 어때. 너 앞으로 니 친구와의 불편함 감당할 수 있겠냐. 그리고 나도 안 불편해지게 도와줄 수 있는 거냐. 당장 묻기엔 민망할 테니 슬슬 만나보면서 적절한 타이밍을 잡고 간접적으로도 충분히 소프트하게 따질 수 있을 법한데? 만약 그가 서둘러 고백을 해 온다면 당연히 질문은 수월해지겠고.

하, 그 새끼……좀 서두르라고, 멍청한 머글아. 이 여자 도망간다!

할튼 알겠지? 함께 고민해.

넌 혼자가 아니란 말이다. 여전히 두려워? 혹시 니 질문 때문에 그 자가 비겁하게 떠나간다면 그건 애초에 싹이 노란 놈이었다는 사실! 넌 손해 날 게 없다, 명심해!

통통 튀는 그녀를 사로잡고 싶어

사귀지는 않는데 잘 되어가는 여자애가 있습니다. 제 개인적인 일인데 같이 가 주겠다며 먼 길 같이 갔다왔고 그 후로 영화도 한편 봤는데 전 차시간이 급해 집에 갈 생각이었는데 앤 절 이리저리 끌고 다니더라구요. 마지막엔 하도 고집 부려 스티커사진까지 찍고—— 여튼 좋았습니다. 애는 통통 튄다는게 젤 어울리는 성격입니다. 근데 애가 밀당인지⋯⋯걍 싫은건지 카톡하면 항상 잘하다가 엄청 늦게 오거나 아예 씹으니 먼저 연락하기도 좀 그래요. 이젠 어째야 할까요. 저도 똑같이 밀까요. 아님 전 바로바로 해줄까요. 집착은 또 엄청 싫어할 텐데⋯⋯

안녕. 난 노래하는 스위스노동자, 마리아야.

오우워우예에 도레미뽜쏠라씨도레미뽜아. 뽜아. 뽜뽜.

아빠가 출근할 땐 뽜뽜뽜.

자, 내 노래를 들어봐. 극적인 전조가 섞인 수준 있는 발라드예요.

아, 아아아, 아아. 목 좀 가다듬고 시작해 볼게요.

이 싸람아아아, 이 싸람아아아, 잘 들어봐아아, 워우워허.

널 따라서 먼 길 오고 영화도 오, 같이 보고 세상에 세상에 너와 스티커스티커 사지인흐을!

통통 튀는 여자는 통통통통 발랄하게 세상 속을 뛰어다니지.

몸도 마음도 가뿐해.

하지만 사실 그만큼 기대고 싶어해. 애 같은 면이 있달까. 응석이 좀 심하달까.

그렇게 너에게 왔어.

너에게 왔어, 너에게 왔어 .

지금 걘 너에게 그렇게 찾아온 거야.

기대고 싶어해. 기대고 싶어해. 신호가 오잖아. 기대고 싶어해.

하지만 그게

(드럼소리) 두다다다다두구두구두구두구

남자로서인지는 모르겠어.

(허억!)

오우, 그건 산신령이 온대도 모르지. 팩트는 이것뿐이니까.

(뭐라)

이게 무슨 소리냐고.

어쩌면 그 여자, 당신을

(오우훠어)

남자가 아닌, 아빠나 오빠나 삼촌처럼 여기고 있는지도 모른다고.

(아……)

그래서 널 편한 사람, 끌고 다녀도 좋을 사람, 끌고 다녀도 다 받아줄 그런 멋진 사람으로 여기고 있는 듯.

(휘우우예에에, 이 불쌍한, 불쌍한……왓 어 피티 우먼!)

(베이스 소리) 뚱땅 땅 땅땅땅땅땅

하지만 너무 상심 마요. 아직은 모르는 일. 그녀의 카톡 씹기 신공이, 워우예에, 밀당인지 진심인지 이 글만으론 확실히 알 수 없지.

어쨌든, 삼촌으로 여긴대도 이젠 니가 하기에 따라 변화 가능한 운명.

이제, 영양가 있는 조언을 하나 할게.

(워우워 그게 뭐야)

밀당이든 진심이든 중요한 건 이제 너.

걔 좋아해? 그럼 들이대.

(워!)

그녀 속을 알 수 없고 어쩌고 이런 소리 집어치워!

(워우워!)

밀밀밀당은 밀면집 가서 찾으라고.

(오우예에에)

집착할까 두려워? 오. 그건 스타일에 달렸어.

제발! 니가 먼저 데이트제안을 하라고. 당장!
(어멋)

영화 이거 볼래? 같이 가자. 재밌는 공연 있다는데, 같이 가보자. 맛있는 데 생겼어,
같이 먹자.

이러면 무조건 잘된다? 오, 아니.

(뭐야, 또 이 무책임한 소리는, 소리는, 소리는?)

근데 지금 니가 밀면 오, 밀면, 너 완전 영원히 나약해질 게 뻔해서 그래.

지금 니가 해야 할 과감한 대시는 앞으로 장기적으로 봤을 때 니 삶에 보약. 그러니 좀 들이대. 과감하게 꽃을 내밀어.

시도하고 실패하고 실패해도 기죽지마. 일어나 깔깔대며. 푸른 하늘 바라보며.

게다가,

그녀는 통통 튀는 여자. 기댈 사람을 찾는 요정.

기댔는데 뾰족하면 멀리멀리 도망갈 터. 더 넓고 포근한 곳을 찾아. 그게 아빠든 오빠든 까르르르르르.

(갑자기 진지한 창법으로 무대를 무너뜨리며)

자존심, 밥 안 먹여줘.

무엇보다 사랑은, 자존심을 싫어해. 알잖아요? 아시잖아?

워후예에 뿜비붐바.

……그러니 들이대요, 성공하길 멋진 오빠. 부디 행운을 빌어. 럭키 록커.

화기애이예아.

(아름다운 합창과 함께 서서히 페이드아웃)

보이지 않는 연하남의 마음

　저의 과 동기 중에 제일 잘생긴 친구랑 친해졌어요. 별로 안 친했었는데 네이트온, 카톡을 하며 친해졌어요. 조금씩 나도 모르게 헷갈리기 시작했어요. **친구로 좋은 건지, 남자로 조은건지, 잘 생겨서 걍 좋은 건지……**.

　누나다 보니까 밥 사줄 기회가 많은데, 이 친구가 저와의 술값을 7만원 어치를 먼저 쏘고 술 사줬으니 밥 사달라는 멘트를 던지곤 했어요. 근데 저에 대한 호감이라기보다는 진짜 배고파서였나 싶을 정도의 행동을 하더라고요. 그러다가 술자리가 생기면 또 가까이 지내면서 나를 설레게 합니다. 그러곤 카톡을 씹기도 하고…….

　휴…… 이사람 뭘까욧?ㅜㅜ

안녕 난 마법사 볼드모태. 어둠을 먹는 지배자. 오늘은 나홀로 체스를 두고 있었지. 하. 심심한 하루. 차라리 오러를 만나서 개판 5분 전으로 싸워보고 싶어져. 어디 있어, 무디 아이. 웨어 이즈 매드 아이! 흠. 그래, 머글. 너라도 어서와. (아, 내 체면……)

무튼, 말해줄 것은 두 가지.

우선 너의 마음.

"남자로서 좋은 건지, 잘생겨서 걍 좋은 건지……"

이봐! 핫. 참나. 기막혀. 에잇. 이건 누가 두던 체스판이야? 엎어버려야지. 악, 왜 엎어, 시발. 이기고 있었는데. 체스판 엎은 손은 누구 손이야? 내 손인가? 이노무 정신분열 또 시작인가?

어, 그래, 너랑 얘기하고 있었지. 그래. 너 말이야. 그거 다 남자로 좋아하는 감정이잖아. 좋아하는 마음이 별 거야? 그냥 다 그런 거야. 그래도 우길 거냐. 그래, 계속 헷갈릴 성 싶으면 생각해봐.

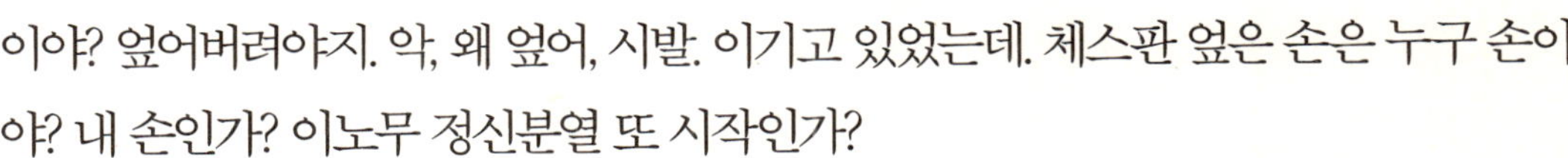

"난 그 애랑 뽀뽀해도 괜찮을까?"

엔썰 더 콰스천. 설레고 즐거워? 답이 예스? 그렇담 당신 마음은 로맨틱 흑심.

하……사랑의 꽃봉오리가 또 피어오르는군. 훠이, 물러가. 다크파이야. 왕은 어디 있지? 체스 말이 사라졌어.

77

두 번째, 그 남자는 당신을 대체 어떻게 생각하느냐……

당신의 글로만 봐선 그 남자……카톡을 씹는 걸 보면 당신을 향해 열혈 열정돋진 않는 모양이야. 그러나 어느 정도의 호감 존재. 그러니까 찔러보는 거잖아. 얼추 체스판 정리가 끝났군. 이제 소시지를 구워 먹어볼까. 아씨오, 꼬챙이!

(꼬챙이에 소시지를 끼우며) 실망스럽나?

그래도 좋아한다면, 계속 고민하고 속상해하며 시간 보낼 때가 아니야. (벌떡 일어나) 아오, 쌍. 알아서 좀 대담하게 꼬시라고. 이 머글탱아. (날아가는 소시지) 헐, 열 내다가 소시지를 흘렸잖아. 아, 아까워.

이렇게 돼. 아까워진다니까. 늘 이런 식이지. 열심히 구웠지만 버려야 하는 소시지. 열심히 키웠지만 표현도 못하고 내던져 버린 사랑. (슬프게 허리를 숙이며)

전에 짝사랑하던 선배를 다른 여인에게 빼앗겼다며. 정신 차려. 또 다시 우물쭈물하다가 그 환상적인 추억, 다시 반복하게 될 것이다, 이 바보 머글. 하, 오늘은 맨정신에 안 되겠어. 너무 답답하고 슬퍼. 양주 어디 있어. 그래, 여기 장식장에 내가 됐……악. 이건 머글 할매가 보낸 술이잖아. 우유 같이 뿌연 게……꼬라지하고는. 하. 망할. 머글 알콜 따위. 꼴깍꼴깍.

어쨌든. 넌.

당장 그 잘생긴 동기생, '탐구'해. 무얼 좋아하고 어떤 스타일에 매료되고 어떤 취향이 있는지 어떤 상처가 있는지.

그리고 당신의 매력을 가공하여 그를 사로잡아. 서둘러. 아님 나와 술을 마셔.

어, 부엉이가 뭔가 가져왔군. 뭐야, 호울러잖아. 상담 중간에 누가 참견하는 거야?
에헴. 그래도 간만에 온 기별이니 어디 한번 들어볼까.

(갑자기 어마어마한 소리가 울려퍼진다)
"말은 물론 쉽지!!!! 말은 물론 쉽지!!!! 말은 물론 쉽지
이이이이이이이!!!!!!!!!!!!!!!!!!"
아아아아악. 아브라꺼져브라!!!!
(펑 하고 산산조각이 난 호울러)

이봐. 아오 샹. 지못지 내 고막.

야! 겁 먹지마. 도전하라!
시작은 어렵지만 습관 든다고 들었다. 습관 든다더라. 진짜로. 망할 놈의 덤불도어
새끼가 한 말이다! 그러니 새롭게 좀 태어나라고. 하. 왜 이렇게들 나약하게 구는 거야.
하⋯⋯거참 우울해지는군. 모두들 사라져. 혼자 있고 싶으니.

　제가 그녀한테 작업한 게 거의 2달이 좀 넘어 가는데요. 지금도 전 그녀를 생각하면 둑근둑근 합니다. 헌데~ 왜 초기의 그 긴장되고 두근거리는 느낌이 사라져 갈까요. 그녀도 점점 느슨~해지는 것처럼 느껴지구요. 제가 그냥 느끼는 건지 모르겠지만 그녀가 밀당을 하건~말건~ 여유로워졌다고나 할까요. 저한테 나쁜 건 아닌거 같은데 서로한테 감정이 식는 건 아닌지 걱정되네요.

　자주 만나질 못하니 만났을 땐 정말 기쁘지만 평소엔 무덤덤~한 느낌이랄까요. 글고 얼마전 데이트신청이 파토 났는데 다시 말 꺼내기가 좀 어려워요. 뭐라고 다시 말을 꺼내야할지……참.

　그녀를 두근거리게 해줄 수 있는 수많은 것들 중 전 지금 한 가지도 생각이 나질 않아요. 사귀는 사이도 아니니 오바해서는 안될거 같고 저도 알바가 바빠져 그리 신경을 써주지도 못하고 전 위험하다고 느끼는데 어떻게 생각하시나요. 외계인 님의 조언이 듣고 싶어요.

안녕 난 외계인. 토성에서 온 유학생물. 인간이여, 내게 손꾸락을 내밀라. 삐리빠빠. 통했느냐.

모든 사랑이 주말드라마처럼, 첫 느낌처럼, 철없는 유아처럼, '불붙는다 했겠지.'라 캐롤 부를 수는 없다. 이것이 지구의 현실. 삐리빠빠. 레알러브. 뭐, 토성도 마찬가지. 어쨌건.

데이트 신청이 파토난 거 가지고 벌써 기죽는다니. 기죽으면 볼품없다. 인간은 그 볼품없음을 감지하는 더듬이가 있다고 배웠다. (토성에서)

그녀를 두근거리게 해줄 수많은 서프라이즈, 변비마냥 나올 기미 도통도통 안 보여도, 걱정 마. 내가 보기엔 위험수위까진 아닌데. 삐립삐삐. 노노. 이미 그댄 잘하고 있다. 최선을 다하고 있는 거라니까. 믿어봐. 그래도 돼.

오히려 난 좀 더 많이, 되려, **루즈한 마음가짐**을 권한다. 아름다운 토성의 띠를 바라보며 어컵업티를 한잔 하라. 삐르뽑뽕.

사실…… 막 어거지로 달리다간 당신이 당신 감정 감지해낼 수 없게 된다. 어린왕자가 사는 소혹성 화산처럼. 그럼 당신은 스스로에게 실망하게 되고, 괜히 후에 연애라는 것에 허무함을 느껴 버릴지도 몰라. 사실 그 허무함의 본질은 두려움일 텐데. 뿌릅뚱띵. 뿌릅빵뽕.

잊지 마시라. 조급하면 조급할수록 인간의 뇌는 더 뻑

뻑 굳고, 피가 느리게 움직이고, 아이디어 꽥꽥 안 나오고, 그대는 재미 상실하고. 그러면 슬퍼.

편하게 생각해. 어려우면 어려운 대로, 간당간당한 느낌이면 간당간당한 대로, 당신은 잘하고 있다. 그대 감정에 충실한 거지. 사랑의 본질을 다시 생각해봐. 그러면 모든 게 분명해져. 그대가 가진 것 믿고 그렇게 지금 상황 관조해도 좋아.

우주의 온 기운이 그대에게 속삭이고 있다. 느끼시라.

틈틈이 낮잠을. 오, 그리고 사색을. 바쁘더라도 휴식은 필수. 그래야 또 달린다. 사랑 찾아. 뚜비뚜바. 빵쌍.

그럼 좋은 소식이 오길 간절히 기원하겠다.

나도 남자사람이야!

　대학교 같은 과 동기를 제가 짝사랑하고 있습니다. 그녀는 과에서도 특출난 외모와 멋진 성격으로 남녀 가리지 않고 인기 만점인 사람이에요. 그런데 어쩌다 성격이 좀 맞아서 저랑은 어깨동무하고 다니는 친한 친구 사이가 되었죠.

　그러다가 한번 둘이서 거나하게 취하고 그녀를 바래다 준 적이 있어요. 그런데 그녀를 바래다 준 후에 제가 귀가를 실패하는 입장에 놓이게 됩니다.(집이 멀어요) 밤을 꼬박 새고 첫차를 타려 했는데 설상가상으로 지갑까지 잃어버리게 되죠. 절망에 빠져있는데 그녀에게 새벽에 전화가 옵니다. 어제 잘 들어갔냐고……. 전 추하게도 상황설명을 하게 되고 그녀는 제가 걱정돼 한 시간 가까이 되는 거리를 이른 새벽에 옵니다.(일단 말리기는 했어요) 그리고 덕분에 무사귀가하게 되는데 그때 전 그녀를 꼭 잡아야겠단 생각이 들었어요.

　그때부터 제 짝사랑 작전이 시작되었죠. 일부러 연락은 자주 하되 변한 제 모습을 보여주기 위해 자주 만나진 않으며 몸무게를 십 키로 이상 감량하고 몸을 만들고 스타일을 꾸몄어요. 그래서 오랜만에 만나게 되는데 그녀는 '많이 괜찮아졌다!'란 말만 남발하며 절 역시 친구이상으로는 보는 것 같지 않더라구요. ㅜㅜㅜ 둘이서 카톡도 자주하고 그쪽에서도 재밌는 일이 있으면 저에게 말을 자주 거는 편입니다. 저희가 관계를 더욱 끌어올리려면 어떻게 해야 할까요? 그리고 한 주 후에 저번 그 귀가 건으로 제가 쏘는 데이트 약속을 잡았는데 어떻게 행동하는 게 좋을까요?? 여기까지 읽어주셔서 정말 감사합니다! 꼭 좋은 답변주세요^^

난 마법사 볼드모태. 어둠의 제왕, 어둠의 지배자. 나에게 경배하라.

이 세상아!!!

하, 해리포털은 어디 있느냐. 아오. 커플이 난무하는 이 슈가캔디 같은 망할 세상! 으아각각. 스네이프와 체스 뒀는데 져서, 은 시클 11개와 청동 크넛 7개나 빼앗겼어. 기분 나빠. 이럴 때 의지가 되는 건 온갖 맛이 나는 강낭콩 젤리밖에 없군.

내 어둠……컹…….

알았다니까. 보채지마. 한번 말할 테니 잘 들으라고.

흔히 친할 대로 친한 머글들은 눈에 콩깍지를 쓰고 다녀. 콩깍지? 사랑의 콩깍지? 아니. 다른 거. 이놈은 무척이나 친근하고 익숙한, 뻔한 자식이라는 인식. 그 딴 편견의 껍데기. 그래서 '친구에서 연인으로' 코스가 가끔 이렇게 험준한 경우 있어. 은근 어렵거든, 그 콩깍지 벗겨내기. 하, 망할. 말하다보니 젤리에서마저도 막 콩맛이 느껴져. 하긴, 강낭콩 젤리니까.

그렇담 어떻게 해야 하는가.

어떻게 해야 하는가. 오, 글쎄. 어떻게 해야 하냐고! 아 씨발, 내가 어떻게 알아!!!!

마리아 어디 있어? 내 숭배자 중 유일한 미친 머글!

(갑자기 그녀가 빗자루를 타고 날아온다)

마리아 헥헥, 불렀니, 모태솔로?

볼드모태 그래. 난 여자 맘을 잘 몰라. 그러니 당장 이 자에게 알려줘. 무엇이 여자
마음을 꿍디하게 만드는가.

마리아 알겠어. 잘 들어봐. (마리아가 칸츄리풍으로 기타를 치며 노래를 시작한다)
워후예에. 지금 당신의 행동거지 거지거지 행동거지에, 호, 획기적인 변화가
필요한 시점.
(예에)
행동! 행동! 행동이 뿜어내는 분위기! 그래, 그거야. 그걸 어
서 보여줘. 당신 비주얼에 버럭 추가된, 몹시도 심히도 새로운
모습을! 오오, 온리 비주얼? 노노노노노.
역부족 역부족. 역기도 못 들죠. 힘
이 없어서. 콩깍지에 짓눌린다고.
그러니 숙제.
(잔잔한 다음 노래)
본인의 멋있는 점, 모두 꺼내서 눈앞에 늘어놓
고 봐봐. 스스로 생각해봐. 뭐가 보여?
진중한 태도, 놀라운 통찰력? 새심

한 배려, 과묵한 언행? 그리고, 젠틀한 미소? 쑤뚜리뚜밥빱뺍빱빠뻴라락.

볼드모태 (마리아의 입을 향해 주문을 날리며) 악. 더 이상 못 듣겠어. 얜 너무 노
래를 못해.
그대가 어필할 수 있는 새로운 매력. 난 그대를 모르니 당신이 해야지. 참
고로 내 생각엔 진중하고 지혜로운 느티나무 이미지를 어필하는 게 좋
을 것 같군 그래. 뭔 소리냐고? (뭐야, 너 비웃어?) 쉽게 말하면 따뜻한 오
빠의 이미지. 컹. 쉬운 말을 이렇게도 어렵게 하다니. 너무도 고급스러운
은유다.

마리아 (그 틈을 탄 마리아가 부활하여 다시 노래를 시작하는데) 휘우예에. 몸 좀
만들었다고 했지? 예에. 있잖아, 그냥 몸 자랑 말고, 은근한 몸 대시(?)를 해.

볼드모태 뭔 소리야?

마리아 여자들이 비록 매의 눈으로 남자의 전체 스타일을 스캔한다고들 하지만
실상 여인들의 심금을 울리고 심장을 뛰게 만드는 건. 오오. 옆에 있을 때
튼실하게 느껴지는 팔뚝이나 어깨, 옆에 있을 때 새삼 느끼게 되는 온기.
옆에 있을 때 느닷없이 깨닫게 되는 그대의 든든한 자세.

볼드모태 (차비를 주며 마리아를 쫓아낸다) 휘이. 알겠어, 알겠다고.

자, 너도 알겠나?

대충 들어보니 뭐, 옆에 있을 때! 은근한! 이게 키워드인 것 같다. 킁. 여자들이란. 복잡한 동물이야.

무튼 자네는 연출가가 되어야 해. 모델이 아니라, 모델 겸 연출가. 그녀에게 환상을 보여주라고. '난 널 보호할 수 있어. 그리고 니가 날 안으면 세상 다 가진 듯 신날 거야. 두려울 게 없어. 와우, 날 믿어'

마리아 (다시 후진해서 돌아오며) 말 대신 몸과 제스쳐, 진지한 눈빛으로 분위기를 생성해. 드라마를 만들어요. 랄라라. 그러면 여자 마음 설렐 거야. 야호. 그녀는 "어머나! 얘가 이렇게 실했다니 날 와락 설레게 하는걸!" 중얼거릴 테지. 다시 말해서, "새삼"스럽게. '이놈이 남자였구나.'를 당신이! 오! 느끼게 해주라고!

볼드모태 (마리아에게 기절 주문을 쏘며 말을 받는다) 그렇기 때문에 언행에 변화가 필요하다는 거야. 단순 비주얼로는 역부족이라고. 여자 머글들은 다 그거에 약해. 알겠어? 아오, 그래. 나도 다 알아. 다만 행하지를 못할 뿐. 제기럴. 유니콘 뿔 어딨어? 그걸 좀 먹어야지.

마리아 (오뚝이 3분 카레처럼 다시 일어나) 훠우예에, 웃통을 까거나 팔알통을 다짜고짜 만지게 하면 노노노! 때려버릴 거야. 멋있기는커녕 질리는 진상으로 기억될 테니 은근한 스킬을 연구해 보아요. 아까 내가 위에서 말한 대로. 호우. 말하는 대로 오오오우오오 아악!

볼드모태 (결국 마리아를 안드로메다로 날려버리며) 하아. 피곤해. 뭐, 저런 잡초 같은 굳건한 여자가 다 있어? 매력 있네.

무튼. 그냥 쟤 말 듣지 마. 현재를 알아야 작전을 짜는 법. 주위 사람들에게 물어봐. 본인이 친구들에게 어떤 이미지로 보이는지. 그대 유혹에 훌륭한 도움을 줄 "객관적"인 시선과 의견을 모아 보라. 그게 분명 피가 되고 살이 되고 그대 사랑에 은빛 유니콘 털이 될 거라. 그렇게 준비해서 대시해. 어물쩍대며 포기 말고 겁먹지 말고 중간에 좌절 말고 제대로 승부수를 띄워. 단, 그대가 지치지 않게 여유를 가지면서.

하……. 사랑은 체력이라더군. 장기전을 각오해 둬. 사랑도 마법처럼 즉석으로 완성되면 얼마나 좋을까. 모르겠네. (난 몰라. 난 쏴랑을 몰라. 난 쏴랑이 싫어!)

그나저나, 어디 있어, 잡초여자? 내기니는 허물을 남기고, 마리아는 기타를 남기는군. 하. 그냥 장작개비로 써야지. 아씨오, 도끼!

그녀의 마음은 어떤 걸까

통통 튀는 그녀와 영화 약속을 잡았습니다. 이번 주말이지요~ 전 확 고백하고 싶은데 괜찮을까요. 그리고 궁금한 게 저번 답변에서 그녀가 기대고 싶다고 했는 데 그걸 어떻게 알 수 있죠? 어째야 확 기대게 해줄 수 있을까요.

안녕, 나는야 노래여신 마리아. 다시 만나서 반가워.

이번엔 발랄한 브로드웨이풍의 멜로디에 약간 글루브한 레게를 섞어보았어. 잘 들어봐.

♫♪♫♪♫♪♫♪♫♪♫♪♫♪

♫ ♫

쓰뚜루룹 빠빠빠, 빠흐으으빠흐 워어. 에이예에에,

잘했군잘했군잘했어 그래. 영화 약속을 잡다니.

(훠우 풍악!) 우리 오빠가 많이 컸구나.

(키운 보람이 있어 워우예에)

'확 고백하고 싶은데 괜찮을까요?'

그래, 그거야, 근데 좋은 결과 있으리란 보장? 어머, 그건 산신령도 못해 줘.

(잉,.뭐래. 이 여편네가~)

그러나 워워. 너의 자세, 그거 말이야. 겁내지 않고 대차게 들이대는 자세, 그 애티튜드, 벌써 어마어마어마하게 잘생긴 자세라고!

(앗, 뭐라고?)

고백 결심 그 자체, 그건 너에게 찾아온 (이때 무대 조명 다 켜지며) 성숙의 기회, 섹시해질 기회, 앞으로 너의 삶에 있어서 크나큰 빛과 소금 된다는 거! (합창단이 등장하며 넬라빤따지아를 부른다)

90

다음 질문, 그녀가 기대고 싶은 걸 어떻게 아냐고?

♫♪♪♪♪♪♪♪♪♪♪♪♪♪♪♪♪♪♪♪♪♪♪♪♪

♫ **2악장** ♫

이건 내 귀납적인 경험으로 얻은 살아있는 지혜야.

(어머 팔딱)

통통 튀는 요정들은 애처럼 어필하고 싶어해요. 왜 애가 되고 싶을까. 자상한 사랑을 받고 싶어서. 널 그렇게 끌고 다닌 이유는 너에게 그런 애정 충족받고 싶어서. 그런데 전에도 말했지만 그것은 어쩌면 독일 수도.

(워우예에, 너무 편한 남동무로 전락. 예에)

그러니 밀당을 굳이 하기보단

(워어)

너의 무뚝뚝함을 좋게 승화시키는 거야.

(훠어)

어른스러운 모습을 보여줘.

(혜에)

성숙한 태도, 진지한 목소리, 오빠 같은 표정.

그렇게 그녀의 고민을 들어줘. 그리고 백 프로 그녀의 편에 서줘. 그러면서 필살기 써. 무얼? 짧으면서도 오! 진국인! 오우! 그런 조언을 던져주기.

(오, 뽁짭해)

길게 말할 필요도 없어. 짧고 간결하게. 그런 게 더 그녀 마음을 흔들 거야. (정말?)

통통 튀는 자가 쉬고 싶어하는 어깨는 바로 그런 자의 어깨니까.

(올)

내가 보장하지.

(우와~)

다만 그런 어필이 너무 당신에게 어렵다면

(맞아, 어렵지)

그녀 만나기 전에 워우워 심리학 책 한 권, 인문학 책 한 권. 슝슝 훑는 기분으로라도 펼쳐보는 거 어때.

다 읽고 머리에 모조리 넣을 순 없겠지만

(예!)

그런 책이 전하는 느낌이라도 말이야,

(호!)

그런 분위기, 그런 지성의 느낌, 그런 걸 그대 심신에 조금은 양념처럼 향수처럼

(솔솔)

뿌려두고 살려두면 나쁠 게 없을 텐데. 어때?

(워우 설레)

그러면서 독서 맛마저 알게 되면 금상첨화. 무려 그대 나머지 인생마저 초롱초롱! 호. 건강러브!

어쨌든 당신의 데이트. 반짝반짝. 사랑사랑사랑넘치길. 행운을 빌게요. 하우훠우 헤! 빠흐흐빠아하으훠워.

(이빨로 기타를 뜯으며 레게처럼 퇴장. 서서히 페이드아웃)

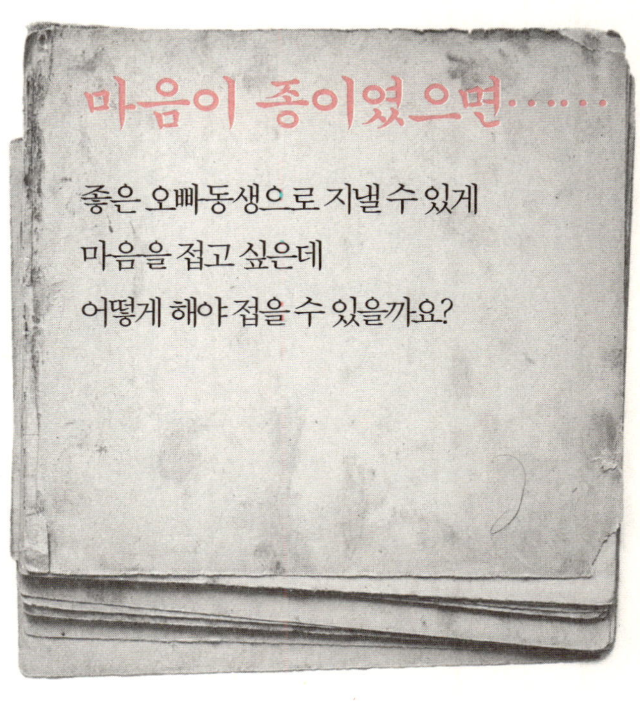
마음이 종이였으면……

좋은 오빠동생으로 지낼 수 있게
마음을 접고 싶은데
어떻게 해야 접을 수 있을까요?

할매 안녕. 난 할매이니라.

마음을 접는 법, 마음을 접는 법이라……. 마음은 종이가 아녀라. 그래서 접는 게 아니라 억누르는 것이제.

볼드모태 으하하. 그게 뭐가 어려운가? 관심을 다른 데로 돌려. 시선을 분산시키면 자연히 잊히는 법. 인간은 망각의 동물이니. 어떻게? 당신의 생활범주를 급 넓히는 거다. 보다 다양한 사람들을 만나라는 얘기. 머글 동호회 오프모임이든 동네 취미클럽이든 음악감상 모임이든 영화감상 모임이든. 가서 수많은 남자들 실컷 관람해, 파이야. 아주 정신이 나갈 만큼!

그러고는! 아씨오……

할매 우중충한 사내, 자넨 좀 저쪽에 찌그러져 있어.

미안혀, 아가. 어디까지 말했더라?

그래, 그래. 저 우중충한 사내 말이 맞아. 그렇게 점점점 그 남자에 대한 마음 잠재울 수 있겠지. 그래서 분명 담백하게 가볍고 편안한 말투와 태도로 그 남자에게 다가갈 수 있을 거여. 그렇게 좋은 남매 될 순 있어. 의외로 쉽다우. 오라버니와 여동상. 농도 주고받고, 편하게 지낼 수도 있겠지…….

그런데, 그런데 말이여. 그대 계속 그런 식으로 살다보믄, 아가. 사랑은 둘째 치고 아가가 아가 자신을 싫어하게 되지 않을까?

본인 마음 알아서 숨기고 억누르는 거 자꾸 하면 병 돼야. 얼굴 누리끼리 해지고……암, 병 되고말고

볼드모태 그건 변비겠지! 멍청한 머글!

할매 워매, 저 노무 자슥이! 확 다 뽀사불까잉! (효자손을 던져서 볼드모태를 기절시킨다) 어이구, 간만에 손모가지 운동 좀 혔네. 컹.
어찌됐든 이 늙은이가 하려던 말은 요걸세. '이왕이면 도전해보라우, 대시.'
그대가 진짜 매력이 없는 건지, 매력이 없다고 세뇌당한 건지, 다시 한 번 시험해보지 그라우?
그러다가 넘어지면? 그러다가 망신당하면?
사실 그거, 그뿐이여. 별 거 없어.
인생도 사랑도. 그냥 지르고, 비웃음 당하고, 잠시 뒤면 또 다 잊히고 그런 것이여. 사람들은 의외로 남의 삶에 관심 없당께. 정말이라니까. 다 괜찮여. 그러니 꼬셔봐. 작전을 짜.
용기 안 내고 시도 안 하면 당신 후회혀. 가슴에 멍들어. 앞으로도 계속.
어이, 모태어둠사내. 어여 정신 좀 차려봐. 여기에 복 들어오는 주문 하나 놓아드려야쓰겄어.

연애 달인 할매의 유혹학 특강

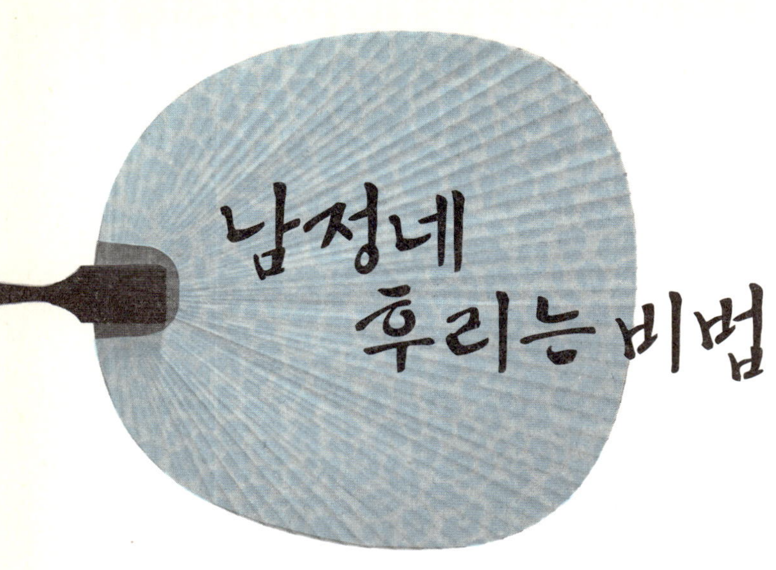

할매!!! 여자는 막 남자가 잘해주면 두근두근하자나~ 은근히 챙겨주고 종종연락하고 그러면 두근두근..! 여자 꼬시기는 참 쉬운거 가타 그쵸?? 근데 남자는 왜 이렇게 꼬시기가 힘들어요 할매??ㅜㅜㅜ 내가 차라리 남자로 태어났으면 난 카사노바였을 꺼에요ㅜㅜㅜ

아무튼!! 내가 물어볼라카는 건 남자는 여자가 어떻게 해야 두근두근대요?? 꼭 답글 달아줘야대요 진짜로ㅜㅜㅜ 난 꼭 내 남자로 만들고 싶은 오빠야가 있단 말이에요ㅜㅜㅜ

안녕 난 할매이니라.

여자 꼬시기 쉽다? 워매. 여자 꼬시기가 월매나 어려운디! 특히 나 같은 감귤할망진 출신, 정말 꼬시기 어려워. 워어매, 진짜. 내 맴 한번 훔쳐보게나.

그리고 남정내 꼬시기가 어렵다고? 오, 절대 아냐. 길 가는 고양이보다 꼬시기 쉽당께. 정말.

껄껄껄껄껄껄껄껄껄껄껄껄.

컹, 자꾸 막걸리가 넘어오네.

무튼.

남자건 여자건 왕자건 중자건 어떤 성으로 묶어서 확 어거지로 보편화시키려는 연애 썰쟁이들이 많던디, 그거 다 믿지 마. 그냥 대충 듣고 참고만 하는 거여. 왜?
사람은 정말 엄청 다양하다우.
인형 같은 외모 아니면 상종을 안 하겠다는 철없는 남정네도 있고, 자기 말에 거칠게 응수하며 자신을 기죽이는 여자에 끔뻑 죽는 남정네도 있지. 후자의 남정네한테 가서 "워매, 안녕하셔요, 우리 같이 조용한 다방 가보아유." 이러면 그 남자 숨 막혀서 뒤지제. 정말.

그리고 또 들어봐. 청순한 긴 머리를 좋아하는 남정네 아무리 많대도 요즘 들어 손자스러운 사내머리도 은근한 인기. 그러니 이 구십 먹은 노인네가, "엄허, 아가씨 이것이 요즘의 핫이슈, 잇 아이템, 워너비 스타일이에요." 이렇게 요번년도 남자후리기 비법을 진리랍시고 가르쳐줄 수 있겠는가? 어림 반푼어치도 없는 소리.

이봐, 그러니 그냥 막 부딪치게. 댁네 맘대로. 그것이 사랑이야, 그리고 연애야. 푸릇푸릇 파릇파릇 짜릿한 씨추에이션!

그대가 애교쟁이라면 애교로 대시하고 그대가 지혜롭다면 지성으로 대시하고 그대가 시인이라면 시 한 수 읊으며 그 놈 귓가 간질여보아, 당장.

자고로, 지가 가진 걸로 승부보는겨, 모든 사랑은.

그러다 차이면? "아오, 샹, 너 보는 눈이 없구나." 하며 저 숱하게 널려있는 다른 남정네에게로 미친 척 찾아가는 걸세. 말만 쉽다고? 아냐, 쉬워. 우리 아가가 이걸 어렵게 느끼는 이유 말이여, 자꾸 계속 그대가 걱정해서 그랴. 다칠까 걱정, 비웃음 살까 걱정, 거절당할까 걱정. 이해는 돼. 나도 젊었을 때 그랬어. 근데근데 말일세, 정말 그런 근심 다 허망하고 아무 쓰잘 데 없어. 사람은 다 지 멋에 사느라 남 신경도 잘 안 써. 쓰는 척하다가도 다 금세 잊는겨.

그러니 걍 도전혀. 막 부딪치는 겨.

벌써 그대 말뽄새, 참으로 쫀득하고 이쁜데 뭘 그렇게 망설이는가. 가서 빨리 녹이라니까!

그럼 행운을 빌겠네. 아가, 파이팅.

지속가능한 연애질의 비법

제가 한 남자를 오래 못 만나요..ㅜ 젤 오래 갔던게 70일 정돈데요. 대부분 2주나 3주쯤 되면 금방 질리는 것 같아요. 바람기가 있는 걸까요. 아님 사귀는 남자를 많이 좋아하지 않아서 일까요. 사귀는 중에도 다른 남자한테 마음이 가고.. 암튼 그렇더라구요. 좀 지내면 사귀는 남자가 해주는 게 부담스럽고 별로 보고 싶지도 않고 만나도 재미가 없어요. 그러다보니 친구일 때가 더 좋았다는 생각이 자주 들고 없으면 허전하고 있으면 귀찮고 다들 그러나요?

저도 오래 연애하고 싶어요ㅜ 주위에서 100일 이벤트 같은 거 하면 부러워서ㅜㅜ 저 뭐가 문제죠? 어떻게 해야 할까요.

안녕. 난 할매이니라.

그대를 만족시키는 사내가 없구나.

푹 빠지지 못하는 거, 그대 잘못이 아니니라. 맴은 본인 의지로 조절할 수 있는 게 아님껨시롱. 다만 염려되는 것은 고거, 그러니께 그대 맴 흔들어놓는, 징하게 멋진 남자 못 만나는 고충, 고거 혹시 어쩌면 앞으로 오래 갈지도 몰러.

아니 땐 굴뚝에 연기 나겄소? 이유가 있을 거랑 말이제.

이유가 무엇일고. 이럴 수도 있겠군, 그랴. 아가의 놀고, 먹고, 일하는 동네가 그대와 딱 맞는 남자를 만나기 힘든 곳일 수도 있겠어. 아니면 처자의 성격, 고것이 처자가 반하는 아가에겐 유독 먹히지 않는 스타일일 수도 있겄지.

예를 들면 나 같은 경우, 젊었을 적에 고백을 많이 받았어.

내 미모를 보라우. (컹) 내 동무 미옥이도 마찬가지였지. (그려, 끼리끼리여) 근데 요상하제. 그렇게 예쁜 가시나인데도 정작 그 애가 사랑한 남정네들만큼은 희한하게도, 참나, 갸한테 대시를 안 하는 겨. 그 시절엔 특히 남자가 만나자고 하질 않으면 연애를 할 방법이 없었어. 그랴. 보수적이었제. 여자가 들이대면 헤프다고 생각하고 그랬어. 그 땜시 미옥이는 그렇게 본인 맴에 충분히 차지 않은 남정네들하고만 사귈 수밖에 없었제. 물론 잠깐씩이었지만.

음, 근데 그게, 그렇더라고, 갸 스타일과 매력이 그렇게 몇몇 독특한 사내한티는 안

먹혔나본디 (취향이지) 근디 슬프게도 갸는 꼭 그, 요상한 애한티만 맴을 줬던겨.

에라이.

뭐 근데 그거, 어쩔 수 없으. 마음과 입맛의 방향을 본인 임의대로 바꾸는 건 불가능하니. 고로 아가, 사귀는 남자에게 마음이 급 식는 것에 대해선 **걱정 말게**. 대신 말이여, 이래보면 어떨 텨? 당신의 매력, 표면적인 성질, 외부적으로 비치는 느낌 같은 것들을 주변 아가들에게 물어보든지, 아니면 여러 사람을 만나며 시야의 폭을 넓혀보든가 혀서, 그대가 바꾸어도 스스로 용납할 수 있는 범위까지에 대해서만은 약간의 변화를 시도해보는 게 어떨런가. 그게 당신의 자존감, 당신의 정체성과 개성을 송두리째 흔드는, 자신을 부정하는 수준의 위험까지 감당하라는 건 정말 아니네. 오히려 그 반대여. 외부에 왜곡되어 비쳐지는 본인의 이미지나, 본인이 충분히 어필할 수 있고 어필하고 싶은데 못 했던 부분 같은 것들을 그대가 한번 주도적으로 움직이고 조정해보라는 뜻이라네.

힘을 내시게.

처자는 매력녀야. 글쓴 거 보면 알 수 있어. 여기까지 세련된 맵시의 향이 느껴지우. 대추차 한잔 할 틴가. 자신감이 생길 거여.

머지않아 분명 자네가 홀딱 빠질 섹시하고 세련된 남정네와 연이 닿을 거라우. 멋지고 황홀한 연애허길 바라며. 화이팅.

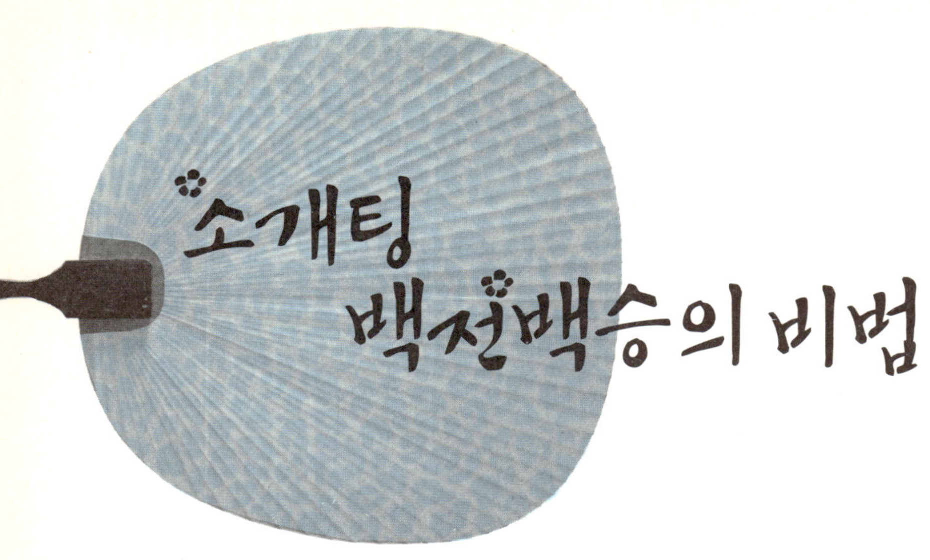

제가 널 소개팅을 해요. 얼마 전에 사랑에 상처받고 우울한 나날만 보내고 있었거든요. 이번엔 좋은 사람 만나서 저도 사랑 듬뿍 받으면서 이쁜 사랑하고 싶어용~♥ 그래서 할매님의 내공이 절실히 필요해용!

어떻게 해야지 소개팅에서 좋은 인상을 얻을 수 있는지 상대방의 마음을 사로잡을 수 있는지 좀 알려주세용! 저 꼭 잘해보고 싶어용! 부탁드려용, 할매님! ♥♥♥

안녕 난 할매이니라.

이 글 쓰고 하루가 지났으니 지금쯤 소개팅 중이겠구나.

나 늦었는가? 늦었나봬. 워매.

자네가 물었지, 어떻게 해야 소개팅에서 좋은 인상을 줄 수 있는지, 어떻게 해야 상대방에게 점수를 따는지.

근데 그 질문, 마치 이런 전제를 깔고 있는 거 같구나.

"소개팅에 나오는 남자들은 다 똑같은 사람들이니까 분명 한 가지 설명서만 따르면 모조리 꼬실 수 있을 거예요. 그렇죠?"

오, 세상에……. 누가 남자를 붕어빵틀에 찍어내기라도 한단 말이여? 여자들이 다양하듯 남자들도 다양한 법. 물론 최소공배수 차원에서 몇 가지 말해줄 순 있제. 허지만 그건 분명 과하게 포괄적이면서도 불편허게 모호한 설명이 되실 수밖에 없도다. 결국 아무 짝에 소용없을겨. 껄껄껄…….

무튼, 내 말은,

다 별 거 없단 소릴세. 우선 뻔한 얘기를 좀 하지. 구십 년 살아본 내가 보기에도, 그저 예쁜 미소, 열띤 호응, 은근한 칭찬, 잦은 눈빛 교환, 앞으로 쏠린 몸의 뽄새 정도를 그대 육신에 양념 절이듯 듬뿍 물들이면, 상대에게 좋은 모습 충분히 뇌리 박히게 할 수 있다는 거. 뭐, 그려, 아오, 목메. 내 말조 역시 졸연찮구나.

하지만 말일세, 그 사람 맘을 결정적으로 사로잡는 그 엄청나게 정확한 궁극의 마법은 다른 것들이라네. 무엇? 바로 그대가 소유한 그대만의 매

 그것들이 그대 모르게 마법을 만들어주는 거제! 즉, 댁만의 세
월이 묻어있는 것들이 적절 돋게 테이블로 솔솔솔 쏟아져 나와서는 상대 마음 심심
치 않게 간질일 수 있으면, 당신은 분명 아름다운 사내와의 신통돋는 꽁냥질의 문으
로 폴짝 들어설 수 있다는 거.

(어후, 숨차. 수정과 좀 들이키고)

어렵제? 워매, 사랑은 어려워부러. 겁먹지말어.

의식이란 걸 버리면 오히려 더 쉬워질 게야. 알잖아. 많은 것들이 지나친 근심 때문
에 부서지는 거. 고로 오늘도 그대가 그대를 열심히 응원해보게. 어딘가에서 막 쏟아
대는 방법들, 이 늙은이 경험상으론 다 헛거여. 괜히 따라했다가 오히려 주룩주룩 피
눈물만 쏟아질 겨.

내가 점을 쳐볼까? 벌써부터 우리 아가 글에선 매력이 철철 느껴지는 게 아주 소
개팅 느낌도 쫀득하우. 껄껄껄······.

아, 맞다.

가래떡을 구웠는디 끝나면 이리루 와. 꿀을 발라가지구 아주 맛이 좋아. 꼭 좋은
소식 들고 오소!

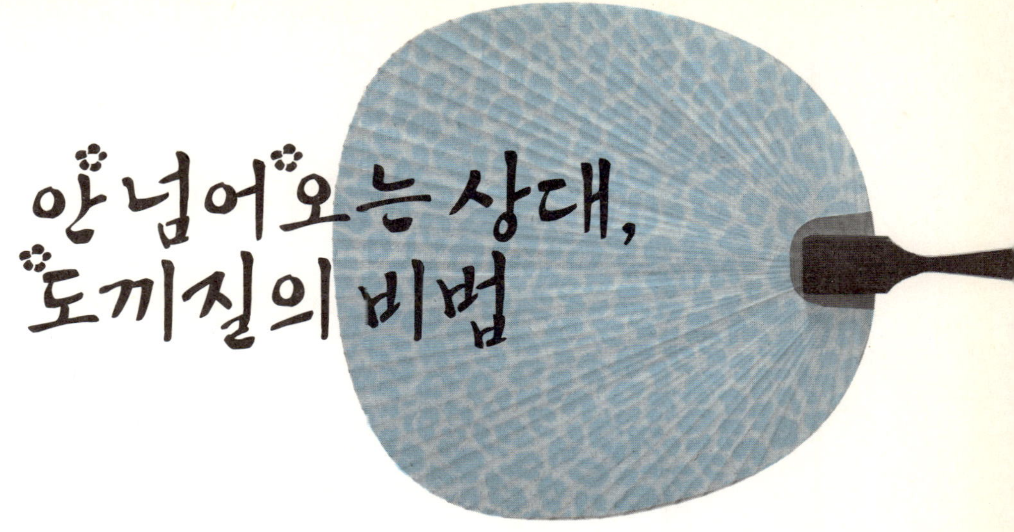

안 넘어오는 상대, 도끼질의 비법

군 제대 후에 복학하고 한 학기를 학교 다니면서 좋아하게 된 애가 있어요. 얼마 전에 고백 했다가 그냥 친한 오빠 동생으로 지내자고 하고 있는데 전 계속 고백할 마음이에요.

그런데 영화를 보자고 해도 밥 먹자고 해도 바쁘다며 안 만나주고 피하는 것 같아요. 어떡하죠?

안녕, 난 할매이니라.

이봐, 총각, 우선 이 생강차를 들며 마음을 진정시켜보게나. 잘 졸아붙어서 맛이 좋네.

고백이 무엇이냐? 우리 아가는 고백이 무엇이라 생각허느냐? 고백은 말 그대로 고백. 봐달라고 들이미는 걸세. 숨겨왔던 나으 마음, 확 보여주는 거라고. 그건 대체 언제 하는 것이냐.

상대가 알아야 할 필요가 있을 때.

웡?

엄마가 너에게 한 말 또 하고 또 하고 그럼 그건 무엇이냐?

잔소리지?

사내가 술 자시고 와서 너에게 한 얘기 또 하고 또 하고 그럼 그건 무엇이냐?

개주정이지?

그런 것이야. 이미 넌 너의 맴 다 보여줬어. 그녀는 충분히 알았고, 오빠동생 언급으로써 대답을 분명히 한 셈. '너 별로'라고.

이때부턴 더 이상 고백은 필요 없어. 오히려 독이여. 이제 그녀는 진절머리를 칠 거라고. 그대를 보기만 해도 짜증이 솟구치게 돼. 엄청나게 나쁜 효과를 가져올 것이 눈앞에 보이는구먼. 그런 걸 원하는 건 아니지? 하. 토닥토닥.

그렇담 작전을 바꾸시게. 지금 그대가 도전해야 할 짓은 유혹이지 통보가 아니우. 자, 우선 꿀차 한 잔 더 들게. 아님 감귤동동주를 가져올까. 파전은 어떨꼬? (점심때라 내가 많이 시장해)

지금 필요한 건 세련된 유혹이야. 그녀가 반하게 해보라고.

"말만 쉽네요, 할매."

그래, 말만 쉬워. 껄껄. 그래도 포기하진 말게. 아, 포기할 작자가 아니지. 그래, 패기 있는 청년, 패기는 좋아. 좋다니껨시롱. 다만 고백은 좀 넣어둬. 대신 그 에너지, 넘실대는 매력 발산에 쏟아보거라. 가능성이 열릴 겨. 어떻게? 조용히 멀리서 따뜻한 시선으로 그녀를 관찰하시게. 제대로 보라는 거야. 그녀가 무엇을 좋아하는지를, 피상적인 거 말고 구체적이고 심층적으로……. 뭔 소리냐고?

그녀는 어떤 아픔이 있는가, 그녀는 어떤 취향을 가지고 있는가, 그녀는 무슨 음악을 좋아하고 어떤 색깔을 좋아하며 어떤 가족환경에서 어떤 친밀함을 유지하고 어떤 때 웃는지 어떨 때 우는지 어떤 고민이 있는지 어떤 꿈을 꾸는지……

그대는 잘 알고 있는가? 그걸 모르고 섣부르게 그녀를 행복하게 해줄 남자 되고도 남는다고 자신할 수 있는가. 껄껄.

근데 이런 걸 어찌 알아내냐고? 그게 바로 사랑의 힘이제. 그녀의 지인들과 친해져. 그리고 오랜 시간 그녀를 휘감고 있는, 그리고 그녀가 향유하는, 주변의 분위기와 공기를 끊임없이 감지해내시게.

어렵지 않아. 시간이 좀 걸려서 그렇지. 버티고 견뎌, 우쭈쭈쭈. 할 수 있어.

그 다음, 적을 알고 나를 알면 백전백승……이 아니라 그녈 알고 나를 알면 대시백승이므로, 이제 그대는 그대를 좀 굽어 살피시게. 그대는 그녀에게 어떤 사람일까, 어디까지 그녀를 충족시켜줄 수 있는가, 어떤 걸로 그녀를 반하게 할 수 있는가……

이건 좀 더 어렵겠구먼. 남을 보는 것보다 스스로를 정확히 보는 건 정말 정말 힘든 일이니께. 나이 구십 먹은 나도 가끔 내가 어떤 인간인지 헷갈리거든. 워매. 이럴 땐 또 내 친구들, 내 지인들의 도움을 받는 거여. 솔직하게 말해달라 그랴. 혹은 남에게서 자신과 비슷한 점을 찾아보거나 말이여.

그리고 또 하나, 바빠도 주말에 잠깐 짬을 내서 홀로 바람 쐬러 떠나보시는 건 어떠헌가. 낯선 사람을 많이 만나 부딪히면 새로운 시선이 열리느니라. 그댈 아주 시원한 입장에서 사실 그대로 바라볼 수 있어.

어렵지?

무튼 세상 경험이 많이 필요하도다. 시간이 필요해 답답해도 어쩔 수 없으. 그대에게 지금 필요한 건 오직 여유뿐. 그러니 총각, 그대를 퍽 숙성시키게. 사람 마음 돌리는 거 쉽지 않다우. 허나 노력하면 가능성만은 제대로 열린다네.

진짜여.

지금 그냥 그대 마음대로 막 고백 또 하고 데이트 신청에 징징대고 돌진하면 이 할망이 장담컨대 이백 퍼센트 또 차일 겨. 알겠는가. 내 애정 어린 조언을 부디 들어주소.

노력 끝에 그대의 매력 제대로만 풍겨내길 바라며. 찰진 총각, 파이팅이야!

밀당의 비법

할매, 나 궁금한 게 있어서 이렇게 양갱 들고 찾아왔어요. 사랑에서 밀당이란 게 있다지요. 잘하면 상콤야릇한 게 좋은데 안 되면 차라리 안하느니만 못하거든……. 저는 '서로 사랑할 시간도 부족한 게 밀당은 무슨…….'이라는 생각을 하고 사는 종자입니다. 좋아하면 정도는 있지만 정말 잘해주는 타입이고요. 이런 걸 부담스러워 하는 여자도 있더군요.

할매는 밀당이 머라고 생각하세요? 한다면 어떻게 해야 하나요?

안녕, 난 할매이니라. 쩝쩝. 호박엿을 먹고 있었어. 맛이 좋구먼.

실은 말일세. 밀당은 배려일세. 어떤 배려? 상대가 계속 기분 좋게, 즐거운 마음으로 그대를 만날 수 있게 맹그는, 마음씀씀이? (뭔 소리래 할매)

이 늙은이 말을 잘 들어봐 주게, 청년.

사랑에 빠진 자들은 상대를 위해 무엇이든 해주고 싶어 하지.

그런 맥락에서, 상대가 밤늦게 돌아다니다가 해라도 입을까봐 말이여, 정말 그녀에게 퍼주는 기분으로다가 맥이 밤마다 전화를 했다 쳐보자. 그래, 굉장한 자상함일세. 바쁜 시간을 쪼개서, 그 와중에도 애인의 안전을 도모하려는, 그 눈부신 희생정신.

그런데 상대는 그런 걸 간섭으로 여긴다고 쳐볼게. 여러 가지 사정이 있을 수 있어. 진짜야.

예전부터 부모의 잔소리를 너무 많이 들은 나머지 애인의 밤 전화마저 짜증스럽게 느껴지는 경우도 있고, 아니면 본래 지인들과의 술자리에서 덩실덩실 삶의 낙을 찾는 성격일 수도 있고, 아니면 최근 들어 심란한 일을 겪었는디 그것을 화두로 애인보다는 언니들한테 상담 받고 싶어 하는 처자일 수도.

그런데……. 그녀를 사랑하니까, 다른 의도 없이 정말 그녀가 걱정되니까, 전화해서 어디냐고, 걱정된다고, '데리러 갈까요'라고 묻는 당신.

그려, 알어, 무조건 선의로 한 짓은 맞는디. 내 다 아는디.

상대의 마음은 어떨까. 과연 그 전화에 감동받을까?

112

아니, 되려, 당신을 되려, 자신의 상태와 자신의 의사는 전혀 존중해주지 않는, 오, 무자비한 사내라고 생각하겠지.

여기서 문제점은 뭘까. "난 다 퍼주었는데 상대는 오히려 부담스러워 하네요?" 사내 입에선 요런 말이 나올 수도 있겠지만 사실 그건 본질이 아니여. 진짜 사랑한다면 어떻게 했어야 하는지, 어떻게 해야 상대도 그댈 편안하게 사랑할 수 있는지에 대한 이해와 노력이 부족했던, 안타까운 실수임을 깨달아야 할 터.

"할매, 밀당에 대한 설명 치곤 꽤나 오바하시는 것 같아요."

그래? 그렇다면 다른 얘기를 한번 들어보게. 밀당의 메카라 할 수 있는, '사귀기 전' 상황.

당신의 마음을 진솔하고 대차게 표현하려 선물을 주고 밥을 사주는 사내. 처음엔 그걸 좋아하다가 슬슬 그 모든 작업에 질리는 그녀. 그 심리는 무엇일까. 여러 가지 경우가 있겠지만 여기서는, 그저 공주 대접에 너무 익숙해져서 기고만장해진 거라고 쳐보겠어. 그래, 그 처자 나빠, 나쁘지, 나쁘다……. 그래도 말일세, 그런 상대에게 그대가 대쪽 같은 모습을 보이겠다며 장차 계속 똑같은 작전으로 연락하고 연락하고 연락하고 연락하면 그 상황은 어떻게 설명되어야 좋을 것 같은가.

그때부터는, 오히려 당신이 잘못했다고 해두고 싶네.

"오우, 뭔 소리래요."
왜냐하면 연애는 결국
두 사람의 마음이 맞아야 하는 것이고 연애허려면 상
대 마음이 나에게 넘어오게 해야 하는 것인디, 만약 남자가 본인 페이스대로만 가겠다고 자물통에 맞지 않는 다른 열쇠만 꺼낸다면, 어떻겠나, 상대는 오히려 괴로워지겠지. 호의가 불쾌함을 낳아버리는 상황. 단지 불쾌함으로 그칠까. 그러면 다행인 축. 가끔씩은 의도하지 않은 '폭력' 수준의 행위가 되기도 해.

음……. 여기서 잠깐. 자신의 좋아하는 마음을 억지로 숨기고 누르라는 뜻은 아니라네. 후회하지 않도록 자신의 감정을 확실히 상대에게 표현하고 또한 자신이 해주고 싶은 걸 최대한 다 해주고 아무런 잉여물 없이 그대의 연정 파워를 열렬하게 펼쳐내는 거. 그게, 진짜배기 연애지. 암. 정말 멋진 사내야. 얼쑤. 그런 대찬 남자, 의외로 많지 않거든. 후회가 안 남아야해. 이 나이 먹고 나서 알게 된 건 그거 하나야. 나중에 아쉬워말자는 거.
그렇지만 말이야,
만약 그 사랑의 방식이, 만약 상대가 당신에게 질리게 만드는 수준이라면 그건, 본인은 잘 몰라도, 타인에겐 사랑이 아니라 쟁글쟁글 괴로움으로 그치는 행동이 될 수 있다는 거.

고로, 가끔은 서로에게 빈틈을 주고 가끔은 서로를 신비롭게 여겨보고 가끔은 새침허게도 굴어보는 것이 서로를 계속 존중하면서 사랑사랑 내 사랑이야 놀음을 보다 신명지게 즐길 수 있게 만드는 원동력이 될 거라 생각허네.

그러니 상황 봐가면서 가끔은 튕겨.

다만 이 모든 걸 진심으로, 그녀를 위해서 해야돼. 명심혀. 요령보다는 진심이라니께. 기술 찾는 놈 치곤, 내, 제대로 연애허는 놈을 못 봤어.

방에 이렇게 써 붙여 놓으시게, 젊은이.

"진정한 배려심이 찰진 밀당을 만든다."

껄껄. 어렵지? 뻘뻘 노력혀봐. 지금 마음 가는 처자 있어? 우후후. 응원하리다. 잘해보게. 젊은이. 지화자!

껍데기는 가라

연
애
보
집
의

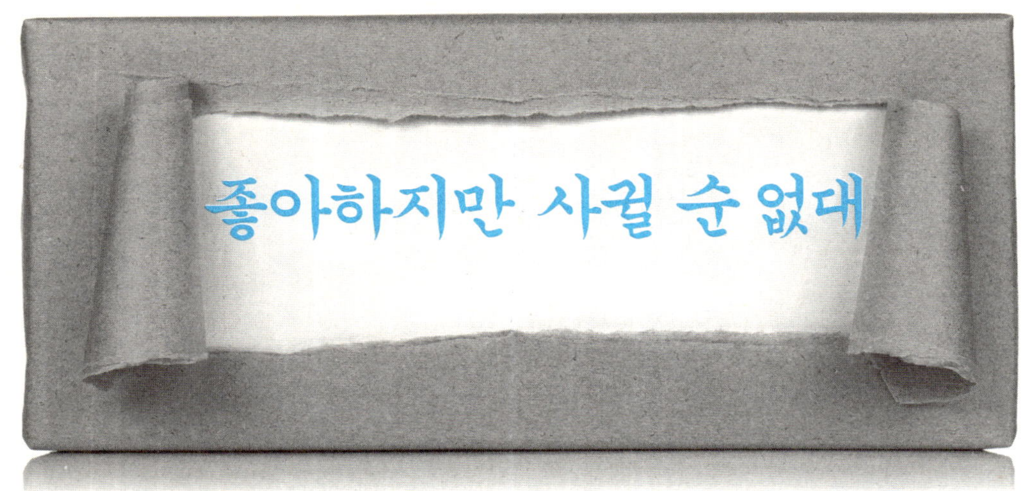

1년 전부터 알던 네 살 연상의 서른 살 누나가 7년 사귄 남친하고 얼마 전에 헤어졌어. 그 상황에서 얼떨결에 고백 아닌 고백을 했어. 하지만 난 그 누나 첨 본 순간부터 좋아했어. 그리고 그 누나도 날 좋아해. 그런데 문제.

1. 그 누나의 친한 친구가 1년 반 전부터 날 좋아해왔어. 그래서 우선 그게 걸린대.

2. 나이는 안 걸린대. 근데 나는 걸려. 여자나이 서른이면 결혼할 나이잖아. 나 만나도 되는걸까?

3. 헤어진 지 몇일 안돼서 최소한의 실연녀의 예의를 지키고 싶대.

4. 머리 속이 복잡하대.

그냥 기다려? 아님 얼른 보채서 사귀는 게 날까? 아님 그냥 다른 여자 만날까? 내가 아는 형은 이 얘기 해주니까 젊고 예쁜 연하 만나래. 쁘지까진 않아도 나름 점찍어둔 연하녀도 있긴 해. 지금의 난 뭐지, 싶다. 내가 봐도……

안녕, 젊은이. 난 할매니라.

너도 그 여자 좋아해, 그 여자도 너 좋아해, 이것만도 어디 그리 쉬운 일이냐. 여기엔 그게 안 되서 질질 짜는 숱한 청춘남녀가 깔려있거늘.

우선 내 답은 이걸세. 뭐냐면……

빨리 보채, 어서 보채, 당장 보채, 팔팔 보채.

지금 뭐하는가. 지금 뭐하고 있는 거냐고. 빨리 징징대. 끼 부려. 연하의 매력을 보여줘. 너무 귀여워서 누나가 눈물 쏙 빼게 만들란 말일세.

자네가 고민해봤자 소용없당께. 누나의 친구가 너에게 들이대는 게 걸리는 것도, 헤어진 지 며칠 안 돼서 실연녀의 예의를 지키는 것도, 결국은 스스로 감당해야 할 그녀의 사정. 허나 걱정 마. 머지않아 한줌의 쓰레기가 될 사정, 너에게 빠진 이상.

그 누나가 좀 헛똑똑이야. 고민만 많어. 겁쟁이인 거야. 그러니 니가 설득하고 조련해. 넘어올 거여. 그렇다고 진짜 질질 짜진 마우, 매일매일 빙글빙글 웃으면서 그녀를 애태우고 유혹해보아. 가끔의 밀당은 별미, 가끔의 도발은 양념, 그리고 애정 어린 눈빛은 그야말로 사시사철 필수반찬. 행운을 빌어.

그리고 다음.

서른이면 결혼할 나이인데 그 처자가 너 만나도 되는 거냐고?

그럼! 당연하지. 왜? 연애하다가 중간에 팽 당할까 걱정되나? 이보게, 내 말 좀 들어봐. 댁도 알잖여. 연애의 본질이 무엇인지. 그 시작의 원인부터 과정과 끝 모두, 감정이 핵심 에너지인 것을.

근데 **감정은 본래 어떤 것**이더냐.

그것은 마치, **쏟아지는 잠처럼, 술 먹었을 때의 편두통처럼, 사람이 의지로 제어할 수 없는 것. 그저 파도처럼 밀려오는 거잖수.** 그렇기에 자네가 걱정을 하거나 말거나 사랑이란 고것은 원래 언젠간 사그라드는 법이여.

냉정하게 말해서 모든 연애는 애초에 영원하긴 힘든 짓거리랑께.

그 어떤 이유로든 침해받고 사그라들기 쉬운 놀음. 으이쿠, 몹시도 위태로운 감정놀음이제.

그러니……새삼스레……웅?

뭘 그리도 괜히, 새초롬히, 느닷없이, 걱정하고 따지는 겐가. (……잉?)

물론 다치는 건 싫어. 이별은 서러워. 허나 그럼에도 불구하고 그 모든 걸 애초에 인지하고, 그리고 그걸 기꺼이 겪어내는 아가들만이 비로소 진짜 지대로 연애할 자격 있다우. 그뿐인 줄 아는가, 그네들 정말 너무 반짝반짝 눈이 부셔, 놀놀놀놀놀놀……라워.

아아 진취적인 어른. 대찬 싸람!

괜히 다른 여자가 어쩌고 하며 눈 돌릴까 고민 마시랑께.

왜냐하면, 그래봤자니께. 자네는 그 누나를 절대 빨리 못 잊어. 알지?

결심한다고 쉽게 이리저리 움직여지는 것이 사람 마음이던가. 맴은 정말 맴처럼 안 되는 것이잖우. 그러니까 누나 포기 마. 안 될 때 안 되더라도 지금부터 나약해지진 마. 그건 그대 삶과 그대 감정에 예의가 아닌 겨. 댁은 참 소중하우. 멋있어. 그러니 도전하고 쟁취해보게. 그리고 겪어보아. 사랑도 환희도 조만간 다 그대 것.

자. 행운의 동치미 국수를 한 그릇. 복을 가져다 줄 거야.

　저 남자친구랑 1년 갓 넘긴 커플인데 오빠 전 여자 친구랑 저랑 동갑이에여. 근데 제가 질투가 너무 많은 건지 아직도 그 여자애가 너무 신경 쓰이고 짜증나요. 사진이나 다이어리 미니홈피 가서 전 여자 친구랑 연락하는지 수시로 확인하고 혹시나 남자친구와 마주치진 않을까 걱정해요. 그리고 더 짜증나는 건 오빠친구들이 자꾸 오빠한테 전 여자 친구 소식을 가르쳐준다는 거…….

　제가 화내면서 대체 왜 오빠 친구들은 그런 걸 말 해주냐고 했더니 오빤 다 지나간 일이니까 해주는 거 아니냐고 넌 아직도 그런 게 신경 쓰이냐고……. 내가 걔랑 연락을 하냐, 만나기를 하냐며 걔 남자친구 잇는데 왜 그러냐며 오히려 짜증만 내요. 정말 짜증나고 신경 쓰여 죽을 거 같아요.

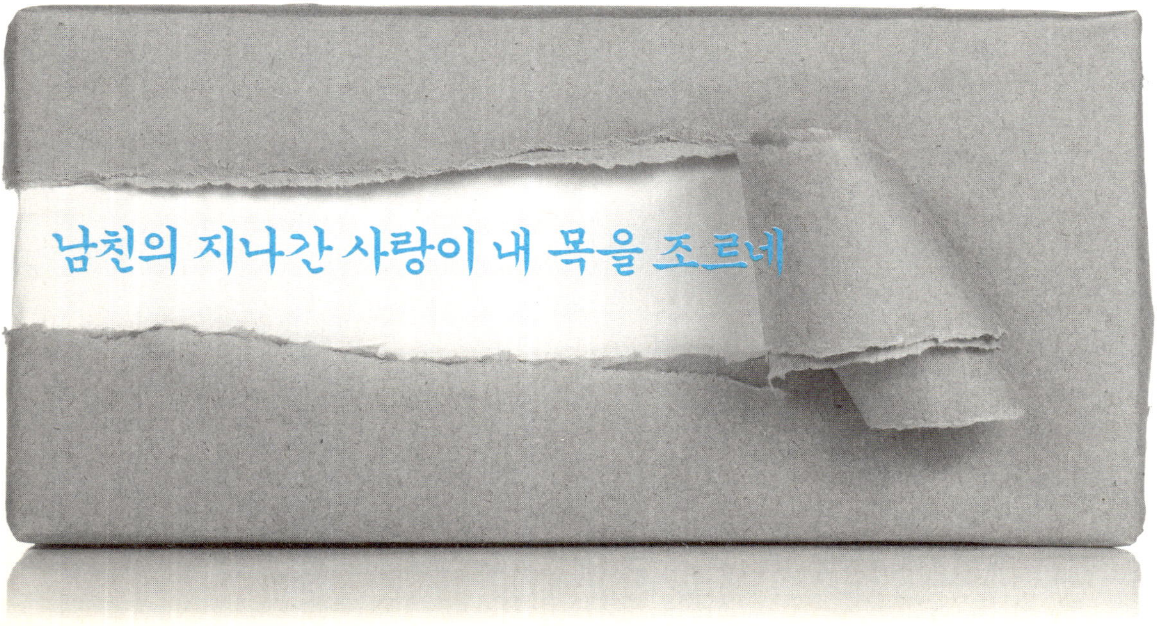

난 마법사 볼드모태. 이름을 말해선 안 되는 사람.

내 위엄이 하늘을 찔러.

아. 차오르는 다크니스. 하루빨리 해리포카칩스를 잡아서 그린고트 은행에 처넣어야 하거늘. 해리 어디 있어? 그 새끼 없으면 상담도 없어. 나 이래봬도 어려운 남자야. 어흠.

………………………하지만 오늘은 좀 외로우니 너에게 잠시 시간을 내주지.

그 오빠의 친구들이 좀 문제다. 왜 그리들 철딱서니가 없는가. 아브라케다브라로 확 날려버릴까 보다. 후우~ (유니콘 털을 한 웅큼 불며)

그러나 당신. 힘들겠지만 진정하고, 일단은 그 오빠머글 말을 믿어볼래? 왜냐구?
지금 당신들의 시간은 결혼이라는 제도 하의 의무 타임이 아니라 그대들이 순수하게, 이끌림에 의해 선택한 유희의 시간, 연애다. 그러니 그렇게 계속 스트레스 받다간 연애의 노른자, 그 단물이 다 빠져버린다구. (자신의 머리를 한 웅큼 뽑으며)

자, 봐! 빠지니까 얼마나 초라해!

불안해하며 물증을 잡으려 애쓰다간 그새 당신 피부 퍽퍽해져. 네 컨디션만 안 좋아져. 그리고 무엇보다, 무엇보다, 무엇보다……

지금 만남을 통해 당신이 느낄 수 있는, 천둥번개 같은 짜릿함과 쿵쿼콰쾅 심장박동, 설렘, 스킨십, 넘쳐나는 꽁냥질, 그 신나는 걸 다 놓쳐버릴 수 있지 않은가. 오, 어리석어. 안타까워. 그래서 그렇다. 아까비까비까비. 그 영롱한 순간순간은 그린고트 은행에 저축할 수 있는 것도 아니지 않는가.

핑크 모멘트 다 놓치면서 하는 연애. 아무리 많이 한 대도 별 소용이 없다. 시간낭비일 뿐. 그러니 지금 당신이 비록 마음 가라앉히기 힘들더라도 다시 한 번 더 생각해봐. 진짜 중요한 건 다른 곳에 있다. 다시 그 남자 사랑스럽게 바라봐야 할 시간이야, 머글.

젠장. 난 안 부러워. 안 부럽다.

상관없어. 머글들의 유치한 연애 따위 난 절대절대절대절대 안 부럽다구!

으이구, 답답한 녀석. 걱정은 놓고. 대신 그 시간에 더 재밌게 놀 수 있는 방법, 더 짜릿한 스킨십의 노하우, 즐겁고 마법 같은 연구들로 당신 연애 만끽해보라고. 좀.

스네이프! 어디 있어? 얘네들한테 아모텐시아 좀 만들어줘라. (아모텐시아: '사랑의 묘약')

하. 젠장. 내가 뭔 소리를 하는 거야. 이 어둠의 제왕이. 오, 아씨오, 나의 체면. 미쳤어. 돌았어. 맛 갔어. 망했어.

어둠의 다크니스, 날 좀 가려줘.

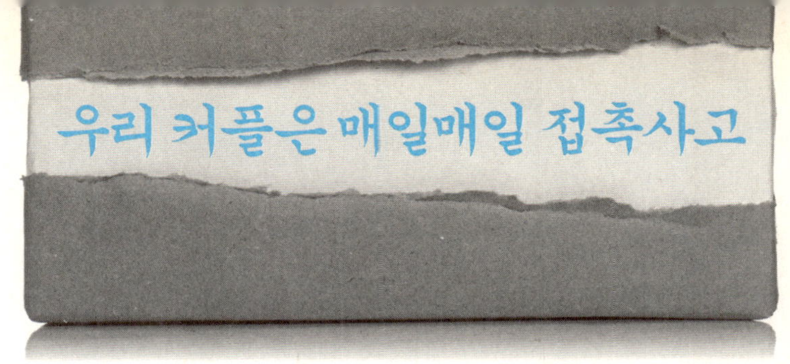

남친이랑 일년 이상 사귀는 중이예요. 남친은 무슨 사건이 잇으면 절대 잊어버리지 않아요. 잊을 만도 한데.. 사귀면서 두번 헤어졋는데 두번다 몇시간 가질 못하고 다시 만낫어요.

성격차 같기도 하지만 그러기엔 평소는 너무 잘 지내요. 근데 가끔씩은 정말 애가 나를 믿나, 란 생각이 들어요. 부모님한테 제 얘긴 이제 하지도 않는 거 같구요. 자기가 사는 지역에 놀러도 못 오게 해요. 주변사람의식을 너무 하거든요. 왜 내가 사는 지역엔 놀러와 놓고선! 나는 왜 가면 안 되는지..

남친은 저에게 불만이 있긴 합니다. 주변에 남자가 많다는 거죠. 하지만..털털한 성격 탓으로 여자친구보단 남자친구가 많아브이는 거고 남친을 만난 이후론 남친하고만 댕겨서 왕따 위기입니다.

또 요즘 남친을 혼란하게 하는 것이 잇죠.. 바로 군대입니다! 주변에서 군대 가기 전에 헤어지라고 그게 서로 좋은 거라며 충고를 했는지, 나 군대가기 전에 헤어질까, 라고 합니다. 썩을 자식이……빡치죠. 그래놓고 다 나를 위해서랍니다. 나는 원하지도 않는데.

이런 저런 생각에 차이가 있는 커플입니다. 또 서로 고집이 죽여줘서 잘못을 서로 인정을 못하고 싸웁니다. 우리커플의 문제가 뭔가요? 네?ㅜㅜ 아님 제가 문제인가요?

안녕, 난 할매이니라.

읽고 읽고 또 읽어도 이것은 사랑싸움. 지금 처자가 고민하는 이유, 결국은, 사랑하는데도 불구하고 이 자슥과 헤어지게 될까봐 불안한 거.

사랑, 그게 참……. 마음대로 예쁘게만 되면 참 좋겠거늘. 사는 게 힘들지. 껄껄껄. 사랑도 힘들구나.

그렇단다.

없으면 못 살 것처럼 좋아해도, 마치 양갱을 먹으면 당뇨 걱정을 해야 하듯, 뭔가 백퍼센트 아름답고 깨끗하고 산뜻한 건 요 세상에 없는 듯 싶구나.

그래서 나도 화가 나.

이 나이에 옆집 할배랑 허구헌날 삐약삐약 싸우고. 나도 참.

무튼, 남정네가 섬세한 각시 같아. 처음엔 그것에 자네가 반했을 것 같고. 하지만 모든 동전엔 뒷면이 있듯, 그 사내에게도 미운 오리 돋는 구석들이 꽤나 많을 것이로다. 하지만 중요한 건 이게 아니지.

그 남자는 지금 징징대고 있는 거야. 자길 좀 더 봐달라고. 자길 더 붙잡아달라고. 자기의 매력과 자기의 소중함을 굳이 일일이 다시 말하게 함으로써 옴팡 사랑받는 느낌을 홈빡 얻으려 해보는 겨. 진짜야!

그러니 군대 가기 전에 헤어지잔 말, 복날 개가 짖나보다, 해야 좋을 걸세. 월월. 잘 한번 다스려보시게나. 예쁜 자네가 힘들어도, 어쩌겠나. 사랑하니. 어쩌겠수. 껄껄, 그래야지. 우쭈쭈.

그리고 다음.

평소에 주변 의식하느라 제 동네에선 절대 데이트 안 하고, 처자가 다른 남자와 정분날까 늘상 걱정한다? 그거 참, 남정네가 사서 고생하느라 야단일세. '걱정도 팔자다.'란 말을 서신으로 보내주고 싶을 정도로. 어이구, 귀여운 사내.

나도 처자의 심정 참, 이해가 간다만……

중요한 건, 그 성격 말이여, 다 그 작자를 이루는, 거의 태생적으로 몸에 내재된, 그 아가의 소중한 승질머리요, 정체성이니라. 무슨 소리냐……

그 누구도 고쳐줄 수 없다고.

그리고 고치려 해서도 안 돼야. 무례한 짓이지. 그것이 '잘못됐다'고 생각하는 건 아가나 이 할미 생각일 뿐이야. 또한 우리 생각 역시 우리의 승질머리와 정체성에서 우러나온 것일 뿐 진리도 아니고. 그 남정네는 그 남정네대로 지난 이십 몇 년간 살아온 습속에 인이 박혔을 뿐더러 오히려 금쪽 같이 그 세월을 애끼고 추억하고 있을 것인데.

어찌 누가 그의 뾰족함을 깎아 내버릴 수 있겠는가. 피곤허고 견디기 힘들겠지만, 그럼에도 만약, 자네가 그를, 아직도 여전히, 앞으로도 오래, 사랑헐 것 같으면……투덕투덕 싸우면서도, 토라져서 냉랭돋아도, 달달한 삯으로서, 그대의 수고로움 지출해보시게.

어유, 뒷골이야. 피곤하제? 아랫목에 누워 같이 좀 지져보겠는가. 껄껄껄껄.

그래도 알잖수.

그 샀 치르면 그대가 사랑하는 그의 미소, 그의 자상함, 깨알 같은 대화, 따뜻해서 눈물 나는 접촉, 예쁜 추억, 예쁜 세월들이 그놈 땜에 눈물 났던 그대 눈을 시원히 씻어 주니께. 그러니 조련에 꼭 성공허고 또 다시 예쁜 사랑 체험해보아.

투닥투닥 싸우는 커플도 상당히 매력 있어. 부부 아닌데 뭐. 내 보기엔 좋구랴. 그게 또 꽁냥질의 재미 아니겠는가? 난 그렇더이다. 껄껄껄.

비가 오려나, 눈이 오려나. 삭신이 쑤시네.
어디 있는가, 케토탑?

128

난 남자가 있는데, 자꾸 이러면 안 되는데

전 남자친구가 있어요. 그러다 친한 남자애가 고백을 했어요. 근데 그 애는 제가 원래 맘에 두던 친구였어요. 그래서 제대로 밀어내지를 못하고 남자친구 잇고 난 헤어질 생각없다고 한 뒤에 그 뒤로 친구도 아닌 연인도 아닌 애매한 사이가 됐어요. 그런데 담주부터는 알바에서 만나야 되요ㅜ 전 다시 시작하고 싶지 않은데 얼굴보면 또 흔들릴거 같아요. 이미 두번 실패햇거든요ㅜㅜ 어떡해야 이번엔 성공할 수 있을까요?ㅜ 이 친구랑 친구로 남기엔 무리겠죠?

안녕 난 노래여신 마리아. 내 노래를 들어봐. 쓰뚜루룹 훠우예에.

흔들려 흔들려 흔들려.

바로 그 흔들림을 막지마.

어차피 사랑, 오, 그 본질은,

흔들림에 있으니. 워허우예에.

흔들어 흔들어 너를 니가 계속. 괜찮아. 한번 대차게 널 쉐낏쉐낏,

그리고 진실을 봐. 그대 맘 어딜 향하는가.

싫어? 보기 싫어? 왜? 왜?

다치기 싫어서? 과거 때매 두려워? 다시 그 상처가 되살아날 것 같아?

이봐, 이 매력녀 언니.

부서질 듯 위태로운 당신이란 언니사람.

(웅장한 사운드: 쾅쾅콰콰콰쾅)

원래 사랑은! 오! 다 상처를 동반해. 참으로 싫지만 어쩔 수 없는 사실.

마냥 달콤할 것 같지. 하지만 원래, 그것은 원래, 오, 사실은 좀 무서운 것. 그것이 그것이 사아랑. (호-우예에)

그대여, 잘 생각해봐요. 처음부터 다시 돌아보아요. 당신이 어느 짐을 더 견딜 수 있을지. (예에혀에)

그 사람을 잊고 상황을 잠재우는 게 나을까. 마음의 파도를 타고 그놈에게 돌진하는 게 나을까.

누구도 확신 못하고 결과도 장담 못해. 책임도 안 져 줘. 요를레이오를레! 다만 다만, 과감한 선택이 주는 해방감과 쾌락은 정당하게 당신에게 돌아가죠! 휘우, 유 윌 비컴 어 백만장자!

그대가 누리리! 모조리 말이야! 고통을 감내하는 만큼 원하는 것도 얻어져요. 쉬운 거 아니지만 그래도 진짜야, 내 노랠 들어봐. 그대여 오 그대여허어.

비록 다시 그대가 호되게 상처입는대도, 모조리 잃고 버림받게 된대도. 워어어. 당신은 분명 아름다워질 거야. 진주처럼! 화우! 매력이 넘치게 될 거라고.

(쏘핫핫)

왜냐하면 원래 섹시함의 알짜배기는 원숙미에서 시작되는 거니까요.

(앗, 정말?)

믿어봐. 오오오. 오마이갓~

그러니 다치는 걸 두려워 말아요. 친구니 뭐니 집어치우고. 지금의 당신 마음을 들여다보고. 지금 아니면 안 돼 예에.

(나우나우)

　오, 찬란한 청춘. 그대 만약 다치게 되며어어어언, 내가 내가 내가 내가 내가, 호 해 주리라. 쓰뚜루룹 훠어어우예에에!

　그럼 난 이마아아아아아아아아으아으하아아아아아안느!

　(엄청난 바이브레이션과 함께 서서히 페이드아웃)

내겐 너무 먼 결혼

정말 자상하고

　매너 좋은 우리오빠가요 한……6일 정도

만났을 때부터 오빠가 결혼 애기를 시작하더

라고요. 오빠랑 저랑은 4살 차이예요~ 처음 사

귈때 오빠는 나이도 있어 결혼상대자로 보일

꺼 같아─ 부담스럽다고 편하게 지내자고 일

단 거절했는데 오빠가 나도 만난다고 다 결

혼할 사람이라 생각하지 않는다며 저에 부

담을 덜어주면서 자연스럽게 만났어요. 근

데.. 결혼애기를 자주 하네요. 오빠도 누군

가랑 결혼하고 싶고 그런 맘 처음이라 하더

라고오(솔직히 100% 안 믿음-;) 전 아직 전

혀 생각이 없거든요┬ 제 친구들은 저보고

나뻤대요. 오빠 시간 뺏어먹는다고요… 진짜

그런 거 같아요. 아직은 연애를 원하는 저와

결혼을 원하는 남친과……어떻게 해야 하죠??

안녕, 난 토성에서 온 외계인. 우주의 22세기적 분위기를 몰고 온 차가운 생물.

말문을 열겠다. 그래 들리는가. 삐리빠빠.

인간이란 종자여.

난 예의를 몰라. 알아서 감당하라.

악. 미안……. 때리지마.

시작할까.

지구에 와서 난 놀랐다. 결혼. 그것은 너무 신기했다. 물론 나는 이해했다. 그것은 법제도 하에서 인간들이 질서를 유지하고 나라를 꾸리도록 돕는 효율적인 방법. 삐릭뽕.

부부로 등록된 남녀가 함께 아기를 책임질 의무를 부여받는 것. 그리고 그들끼리 하나의 소공동체를 만듦으로써 그 안에서 합동하여 생존을 도모해 보는, 생활의 문제를 해결하게 만드는 방식. 즉, 국가가 제안하는 생존 방법. 그러므로 사실 그게, 애초부터 자연스럽고 필연적인 설득력을 얻는 시스템은 아니지.

여기서 내가 말하고 싶은 건, 결혼은 명백히 질서와 필요에 의한 것이요, 만들어진 것이요, 수단이요, 도구요, 제도일 뿐, 절대 사랑과 연애의 종착역은 아니라는 점. 뽀삐뽀삐뽀삐빱.

나이 서른 된 한국의 남자인간이 결혼을 원하는 심리, 그것은 생물학적이고 본능

134

적인 것과는 상관없다. 이러한 시대의 흐름, 사회의 시선, 주위의 요구 때문에 그 방향으로 꿈틀대는 것.

그리고 말이다. 누구랑 결혼하고 싶고 그런 맘 처음이라는 그 발언, 당신이 걱정하는 것처럼 뻥은 아니다. 삐리빠쁘. 그러나 그렇다고 새삼 놀라면서 진지하게 새겨들을 얘기까지도 절대 아니다. 알지?

왜냐. 그는 아직 인간 나이로 겨우 3 곱하기 10. 요즘 지구생물들은 결혼을 늦게 한다더라. 서른 즈음에 결혼 상대 찾는 거, 그리 늦은 건 아니지. 고로 당신이 결혼 땡기는 첫 상대일 가능성, 뭐, 높을 수밖에 없잖아. 그게 뭐, 놀라운가. 그게 뭐 대단한가, 지구생물이여. 잊지마. 아직 당신들은 너무 젊다. 삐이삐삐이삐, 오올롸잇.

(참고로 토성에선 500년은 살아야 어른으로 침. 백 몇 살은 피도 안 마른 꼬꼬마. 전해 듣기론, 텔레토비 네 마리는 295살 동갑내기들이란다. 하. 내 스타일. 난 뽀가 좋아. 근데 걔넨 목성 출신. 좀 재수 없어.)

어쨌든 이제 해주고 싶은 말을 하겠다.

너라는 지구생물은 과연 친구들 말대로 오빠 시간 빼앗아 먹고 있는 걸까.

노.

연애. 그저 아주 자연스러운 행위다, 뺩삐꼬. 사람을 살리는, 오 연애. 연애. 그것은 지구인에게 그 어느 계산법으로도 환산 불가능한 엄청난 행복감을 준다고 난 배웠어. (토성대학교 지구괴물과 '우레뫼' 교수 저, 『한 권으로 배우는 지구동물의 성과 생활』 들판출판사)

그래서인지 내 눈엔, 연애 중인 선남선녀의 드라마에 느닷없이 흐름을 끊고 분위기를 망치고 근심을 흩뿌리는 그 '결혼'이라는 개념이 되려, 상당히 부자연스럽고 폭력적인 개념으로 보여. 뻑.

그러므로 내 말은, 이봐, 지구인.

초조해 말라.

이별을 피하려는 '덜컥 급 결혼'은 그 최선을 과도하게 넘어버리는 안드로메다행 무리수가 아닐까.

고로 당신이 결혼을 원하기 전까진 그러니까 당신이 지금 당장 가정을 꾸려야 할 필요성을 느끼기 않는 동안만은, 결혼, 그거 '노' 하라. 그대가 원해야 할 수 있는 것. 사랑 말고 '필요'를 느낄 때 하는 거라고.

막 질러도 되는 게 아니야.

만약 당신이 이래저래 떠밀려 자기 의지가 아닌 채로 그저 그 오빠 생물이 떠나는 게 두려워서 덜컥 결혼을 해버리면……. 지구생물이여, 당신도 알지? 그걸 감당할 마음 없는 사람이 겪기엔 상당히 곤란하고도 피곤한 일이 천지가 된다는 거.

그러니 이봐, 지구생물이여. 남자를 열렬히 사랑한다면 오히려 청혼에 응하지 말고 당신 뇌의 메커니즘에 대해 열심히 설득해 보라. "지금 결혼은 무리야, 오빠 생물."

설사 그 남자가 떠난대도……. 음. 그것은 어쩔 수 없는 일. 난 냉정한 외계생물. 그대가 할 수 있는 최선은 거기까지. 똥똥띵땅.

아무도 당신 미래를 책임져주지 않는다. 힘들더라도 잘 생각해보길 바람. 토성의 레이저 엑기스를 너에게 전송하며. 지구지구 삐립빱. 수금지화목토천혜!

결혼이라는 종착역이 보이지 않아요

저희는 결혼까지 생각하며 10년 가까이 만나온 사이입니다. 불확실한 결혼 여부 때문에 지금 서로 많이 복잡하고 이젠 지쳐서 서로가 헤어짐을 생각하는 중인데 정떨어져서 헤어지는게 아니라서 후회하고 많이 힘들 거 같아 쉽게 서로 먼저 말하지 못하는 것 같아요. 아직 서로 사랑하지만 사소한 일로도 싸우고 더 심각해지는 것 같네요. 이제 정을 떼고 그사람 미래를 위해 보내주는 게 맞지 않을까 싶은데 저에겐 무엇이 옳은 선택일까요?

안녕, 난 할매이니라. 자, 이 식혜를 좀 들게나.

이봐, 예쁜 처자. 이것저것 현실적으로 고려해야 할 것, 그대들에게 산더미인 건 알겠수만……

그래도 지금 그대 마음에 뭉게구름 짓고 있는 그 감정, 그 사랑, 그 호르몬, 그걸 굳이 애써 끊을 필요가 있을까 싶어.

이보시게. 미래. 그래, 미래. 중요하지. 중요한데, 그 미래란 놈은 정말 아무도 예측할 수가 없는 것이라네. 그대가 어떤 선택을 했을 때 후회허게 될지 웃음 짓게 될지는 정말 누구도 모른다는 거.

고로 믿을 건 지금의 감정밖에 없다우.

난 감히 그렇게 생각혀. 내가 90년 살아본 바 그렇수.

결혼보다 중요한 거, 참으로 많더이다.

그와 헤어지고 서둘러 다른 남자 찾을 겨? 결혼을 위한 남자? 결혼하면, 대체 지금 자네 사랑, 그 사랑 버린 만큼 그 결혼이, 자네의 텅 빈 마음 메워 준다는 보장 있수? 결국 모르지 않는가. 결혼, 그저 모호하게 뭔가 중요하고 필요한 것 마냥 보이는 것일 뿐.

이보시게. 그도 맥도 서로가 아직 사랑한다면 그런 소중한 시간 벌써부터 잘라내지 말고 좀 더 오래도록 누려보는 게 어떻겄는가.

지금 서로 지치긴 했지만 서로 싫어서 싸우는 건 아니라며. 그러니 조금 더 시간을 가지고 서로를 의지해봤으면 좋겠네 그랴.

지금 갈라서면 정말 당장에 생살 잘라내듯 아파하게
되는 것도 모자라
분명
오래,
그대가 예측하지 못할 기간을 두고 오래,
그립고 그리울 걸세.
감정은 본인의 똑 부러지는 의지와 이성대로 조정할 수 있는 게 아니니께.
그저 억누를 수 있을 뿐.
참는 거제.
굳이 그렇게까지 갈라서야 할까. 물론 내 생각이네만…… (패앵~ 미안혀. 상담하
다 코 풀어서) 아가, 부디 이 할미는 아가들이 지금 이 순간을 오롯이 손에 쥐고 진정
으로 웃을 수 있길 바라네. 정말로. 그러니 힘들겠지만 다시 한 번 잘 생각해보시게.

예쁜 그대의 행복을 비네.
식혜 한 사발 하면서 더 생각해보시게. 

내가 니 엄마니?

남친 성격이 제가 보기에 의지가 좀 약한 거 같아요. 할일이 있어도 친구가 부르면 만나러 나가고 이제는 슬슬 자기계발도 해야 하는 나이인데 한다고 하기는 하지만 제 성에는 차질 않아요. 그리고 요새 남친이 안 좋은 일을 해서 제가 그 사실을 알고 해결하느라 돈이 필요하게 됐는데 그것 때문에 더 남친에 대한 믿음이 없어지게 된 거 같고……. 돈이 필요하니까 알바를 해야 하는데 또 그래서 자기 계발을 못하게 되는 게 너무 화가 나고 안타깝고 답답해요. 그런데도 친구 만나러간다 약속이 있다 하면서 만날 사람은 다 만나고요. 그러니까 제가 엄마처럼 잔소리를 하게 되요. ㅜㅜ 그럼 공부는 언제 하느냐. 일은 잘 처리 했냐. 돈은 어떻게 갚을 거냐. 이런 식으로요.

저는 이렇게 잔소리하기 정말 싫어요.ㅜ 오빠가 알아서 잘해줬으면 좋겠는데……. 항상 미안하다고 나 때문에라도 잘할 거라고 하는데 매번 이런 식이니까 반복이네요.ㅜㅜ

저 이젠 엄마가 아닌 여자 친구로 살고 싶어요. ㅜㅜ 어쩌면 좋죠? 속상해요.

안녕 난 마법사 볼드모태. 어둠을 먹는 능력자. 『1000가지 약초와 곰팡이의 놀라운 능력』이라는 책을 읽고 있었지. 시간 나면 여자 머글, 당신도 봐라.

남의 상태를 깔삼히 변화시키는 약이 있다면 그대는 살 텐가. 하. 남이 내 맘 같이만 해준다면 사실 세상의 모든 문제는 종결을 맞는다. 음……

무튼, 정리하면 "저도 잔소리하기 싫어요. 오빠가 알아서 잘해줬으면 좋겠는데…… 엉엉엉." 이 소리지?

망할.

왜 내겐 떠들어 주는 여자가 없는가.

더러운 세상. 어둠을 먹는 자야, 커먼.

파괴의 늪을 함께 건너자……

네 마음은 잘 안다. 안다고 "이 세상이 얼마나 험한데 남친이란 놈은 나이만 먹고 왜 그리 순진하게 덩그렁덩그렁인지." 마법을 쓰지 않았는데도 너의 목소리가……들려.

하지만 냉정하게 말해주마. 당신이란 머글이 하는 생각 있잖아. 그러니까, '제 성에 차지 않는다, 알아서 잘 해줘야 하는데.'라는 마인드. 그거 슬프지만 엄연히, 과한 욕심이다. 당신의 권리 훌쩍 넘어버린 요구사항이지. 그러니 막 주제넘은 것.

"뭐라고요? 다 걜 위해서인데!"

당신은 이렇게 철썩 같이 믿고 있겠지.

근데 있잖아. 그 끈끈한 그대 믿음, 자신이 '선'이라는 그대 믿음, 그것부터가 사실 이미 무지막지하게도 무우써운 암 덩어리다.

내 얘길 좀 해볼까.

호그와트 다니던 시절, 주위에 그렇게들 딩가거리는 천덕꾸러기가 많았어.

전교 1등에 반장을 도맡아 하던 이 몸은 당연히 그 무더기를 한심하게 여겼지. 의지박약인 놈들, 머글만도 못한 마녀들. 쯧쯧.

근데 시간이 지나면서, 어둠의 다크니스로 내 진로를 바꾸다보니, 오, 그제서 조금씩 궁금해지더군. 왜 반드시 모든 사람이 다 똑같이 의지가 있어야하고 다 똑같이 스펙을 쌓아야하고 다 똑같이 성실해야하며 누군가에게 인정받아야만 하지?

"기본은 하라는 거죠, 지 입에 풀칠하고 지 앞가림 할 수 있을 정도로는."

머글, 넌 이렇게 말하고 싶겠지?

그래, 하지만 세상엔 그런 논리 자체를 피곤해하는 태생적인 성격을 가진 자도 많고 (무조건 모두가 그걸 극복할 수 있다곤 생각하지마. 그게 불가능한 사람들 많아. 그들이 문제아여서가 아니야, 그저 당신과 다른 사람들인 것일 뿐이야. 당장 네가 이해할 순 없겠지만)

그런 논리를 초월해서 이상하리만치 덤덤하게 생존해 있는 자도 많다. 왜 이렇게 내가 열변을 토하냐고?

이유는 이거야. 그들 중 한 명이 바로 지금의 나니까.

500살이나 먹어서는 직업도 딱히 없이 이렇게 호그와트 교장한테 미움이나 사고 있는 이 마법사를 봐. 열심히 공부하고 돈 벌어서 그린고트 은행에 성실히 내 재산 예금해야 할 시간에 자네 글에 장문의 조언이나 달아준다고 수많은 디멘터들과 마녀들이 수군대고 있지.

근데 난 있잖아, 들어봐.

우선 지금 그들의 걱정과는 달리 건재하게 생존해 있어.

와우! 게다가 믿을 진 모르겠지만 나 지금 상당히 행복해. 캬우! 의지박약처럼 허구헌날 토익인지 토성 말인지 던져놓고 포기하는 젊은 시절을 보냈어도 어쨌거나 운이든 아니든 난 내 방식대로 지금 참 잘 살아있다고.

게다가 말이야, 내 젊은 날의 게으름이 잉여력 쩌는 시간 속에서 오래 잘 발효된 덕에, 워후, 내 숨겨왔던 재능인, 〈머글을 농락하다 느닷없이 위로해주는 마법〉을 그대에게도 감히 당당히도 선보일 수 있게 되었어. 존나 자랑.

어쨌건 이건 이 높으신 몸의 이래저래 길고도 장황한 개인썰이었으므로 (해리포터만 잡으면 완벽하다!) 이제부턴 그거 할게, 중요한 얘기.

잘 들어봐. 머글이여.

그 남자를 사랑하니까 지금 그 남자도 마치 자신의 심신인 것처럼 떼려야 뗄 수 없는 존재일 거라 믿고 싶겠지만 그 믿음, 최대한 빨리 버리는 게 좋아. 이유는 두 가지.

첫째, 위에서 말했듯 그건 어쩌면 그 남자의 다른 잠재력을 되려 막아버리는 결과까지 초래할 가능성 존재한다는 거. 둘째, 지금 그렇게 당신이 스트레스로 시간 채우기엔 그대들의 관계가 너무나 귀중하고 소중하다는 거.

이봐, 두 사람, 결혼한 거 아니야. (설사 결혼했대도 두 사람이 독립된 머글인 건 매한가지지) 그러니 힘 빼고 생각해봐. 조금은 더 가볍게.

당신도 알다시피, 이 연애상담소에는 사랑하는 이 떠나서 울부짖고 사랑하는 이 못 만나서 가슴앓이하고 사랑하는 이가 자길 안 좋아해서 머리 싸매고 누운 수많은 머글들이 득시글대고 있어.

그러니 지금 어서 알아줘. 지금 그대의 연애가 얼마나 영롱한 짓인가를.

오, 연애가 주는 그 모든 쾌감의 소용돌이, 200프로 누려도 모자랄 게 지금 시간이야.

모자라! 모자란다고! 이제 곧 당신은 더 바빠질 거고, 두 사람은 또 그 어떤 시련 때문에 헤어질 수 있는 것이고.

"오, 뻔한 소리."라고 생각하겠지. 허나 운명은 원래 잔인해. 그러니, 그러니까, 그러므로 말이야. 현명해져봐. 행복해져봐.

가르치고 씻기고 먹이고 혼내고 속상해하고 그런 건 이제 넣어둬. 이 찬란한 시간을 아끼고 사랑하는 데에 소진해. 연애파워를 더 불태워. 황홀함에 몸부림쳐. 쾌락은 모두의 것. 하. 선택과 행복은 너의 것! 바로 너! 너! 너란 머글!!!!

그런 사람을 사랑해도 될까요?

일곱 살 연상인데다가 아기까지 있는 여자인데 돌싱. 그녀
를 사랑해도 될란가요? 할매님 도와줘요!

안녕, 난 할매이니라. 안 될 것이 뭐 있는가?

돌싱이든 할망이든. 사랑 돋으면 사랑하시게. 그게 연애야. (늘상 내가 말하듯이) 감정이 핵심인 걸. 두 사람이 통한다면 즐겁게 만나슈. 신나게 즐겨. 두근거림, 설렘, 기다림, 속삭임! 그 짜릿짜릿짜릿짜릿 순간들을!

얼쑤. 풍악을 울려라.

물론 현실적으로, 주위의 눈이 마이 따겁고 불편허것지. 허나 포기 마. 아가들아. 당신 감정 소중히 여겨. 뛰어드시게. 인생 뭐 있나. 이상한 죄책감 버리시고. 마음 편안히 갖게나. 토닥토닥. 남들이 당신네들 책임져 주나? 뭐 신랑각시 어디서 구해주겠대?

이보우……. 연애잖어. 이 허허벌판 굴곡진 우리네 인생길. 고로 연애, 그거만이라도 다른 걱정 말고 남의 잔소리 신경 끄고 온전히 100프로 옹골차게 즐겨봄이 좋지 않을꼬. 연분홍 비단 같은 순간, 귀한 줄 알고 잡아야 돼. 그게 삶에 대한 예의일 터. 구십 먹은 이 할매가 간곡히 전하고 싶은 말이라네. 부디 그댄 지혜로이 깨닫길.

사랑하시우.
복을 빌어줄 테니.
자. 아가를 위해 맛난 오색전을 부쳐볼까나. 

다시 돌아온 그대, 놓치고 싶지 않아

마지막으로 한번만 믿어 달래서 다시 사귀고 집에 오는 길
에 남자친구랑 전화를 했는데요. 오빠가 아직 실감이 안 난
대요. 어떡하면 실감이 날까요? 남자 친구가 저한테 올인하게
하는 방법은?

난 마법사 볼드모태. 어둠을 먹는 지배자. 아브라케닥불화. (다이애건 앨리에서 사
온 전갈다리 쪽집게로 눈썹을 다듬고 있다)

실감나게 하는 방법? 꼬집어줘.

미안.

이봐, 머글. 내 얘기를 들어보라.

그딴 게 어디 있어. 당신은 당신이 할 수 있는 것을 '뛰어넘을' 순 없다. 그 어떤 허
들 선수도 그건 못 넘어. 세계 신기록? 그래봤자 인간의 그릇 안. 그를 다시 너에게 올
인시키는 법? 그런 걸 알면 전 지구의 여머글들이 다 오다리 육다리 문어다리 걸치
게? 노노. 설사, 정말 특별하고 희귀한 비법이 있대도, 그를 화들짝 취하게 만들 수 있
대도, 그거, 약효 오래 못 가.
결국 사람은 다 자기 안에 내재된 딱 고 크기의 타고
난 매력만으로 승부할 수밖에 없거든.

(머글 왈: 니가 뭘 알아?)

뭐라! 야! 500년 먹은 관찰자의 입장이야! 날 존경하라! 파이야!

오래된 더덕은 산삼이나 다를 바 없다고!

(빡친 볼드모태. 부엌으로 달려가 더덕과 용의 피를 섞은 건강음료를 마시며 마음
을 가라앉히는데) 하……

연애는, 알잖아, 다른 것과 다른, 아주 신비롭고 언빌
리버블한 장르. 호. 그 어떤 성취보다도, 연애하며 겪어
대는 온갖 사건사고의 롤러코스터가 인간에겐 훨씬 충

격적인 경험을 선사한다고.

그러니까 약이나 다를 바 없지. 스네이프도 못 만드는 치명적 메디슨. 자기가 실제로 어떻게 생겼는지, 어떤 본능과 어떤 상처를 가지고 있는지, 자신이 외면했거나 혹은 눈치 채지 못한, 자신의 그 모든 것을, 여지없이 보게 해주거든.

뭔 소리?

음……. 모, 몰라. 내가 알 리가 없잖아. (버럭) 어제 루시우스가 그랬어! 모르면 됐어! (아까 그 쪽집게를 겨털 쪽으로 옮기며) 그냥 또 들어봐.

지금 당신을 괴롭히는 건 불안.

'그가 나를 다시 떠날까봐. 내가 하찮은 생물일까 봐. 그래서 그래. 그래서 조바심 나. 어떻게 해야 좀 더 예뻐 보일까. 어떻게 해야 얘가 좀 더 타오를까. 어떻게 해야, 어떻게 해야, 오, 도대체 어떻게 해야!'

근데, 이봐. 그럴 거 없어. 머글.

어쨌든 그는 당신이 한번만 믿어달라고 한 말에, 이미 마음이 흔들려서, 그대에게 분명, 돌아왔다! 우선 그걸 보라. 그리고 너를 좀 칭찬해줘. 그를 움직였어, 올레! 기뻐할 시간을 주라고. (버터맥주 쨍 해야겠군. 브라보)

왜 자꾸 채찍질만 하지? 이미 아팠잖아. 왜 자꾸 무서운 어미처럼 스스로를 몰아가는가. 당신이 튼튼해야 사랑도 하는 거 아냐. 나야 마법사라 잘 모르지만 어쨌건 내가 보기엔 그래. 지금 그렇게 우울해져서는, 상황 파악하기 어려워. 참나. 파악이 안 되면 그를 꼬실 방법도 안 떠오를 텐데!

그러니 즐겨봐. 못 웃어?

그렇담 강냉이 내밀어. 잡아당겨주지. 아브라……

음. 됐군.

그리고 생각해봐.

그가 좋아할 당신의 특징이 무엇인지. 초반에 그가 당신에게 끌렸던 건 무엇일지. 근데 알아. 꽤나 어려울 거. 또한 앞에서도 얘기했듯 당신이 그 남자 마음을 붙들려 무리하다보면 언젠간 부작용을 겪게 될 거고. 어느새 당신도 모르게 당신이 아닌 다른 모습을 연기하게 될 테니까. 그건 정말 힘든 일이지.

그러면 오래 못 가.

그대 연기, 다 눈치 챈다구.

그리고 무엇보다, 당신이 아니잖아.

그를 일찌감치 포기하라는 건 아니야. 다만, 그가 혹시라도 다시 떠나갈 가능성에 대해 너무 두려워하지 말자는 것이다. 당신이 충분히 예쁘다는 걸 좀 인지하고 몸과 마음을 환기시켜보는 게 어때.

릴렉스. 유 월 비 해비. 아브라카네이션브라.

그 자가 당신 차버리는 거? 진짜 그거, 당신 매력게이지가 절대적으로 떨어진다는 방증 아니라니까. 연애의 시작은 원래, 각자 생겨먹은 취향의 합일점이 도출되는 환상적인 상황, 환상적인 타이밍, 기가 막힌 운이 작용해서 이루어지는 거.

그리고 세상에 눈 삔 남자 많다. 그 놈도 그런 거야. (나 빼고. 난 아냐)

무튼,

머글. 잘 먹고. 웃긴 거 많이 보고.

그대 심신에 활기를 채우라. 사랑은 체력. 체력은 국력! 국력은 내꺼! (하다가 결국 쪽집게로 지 살을 꼬집는다) 아악!

사
랑
때
문
에
행복
해야함

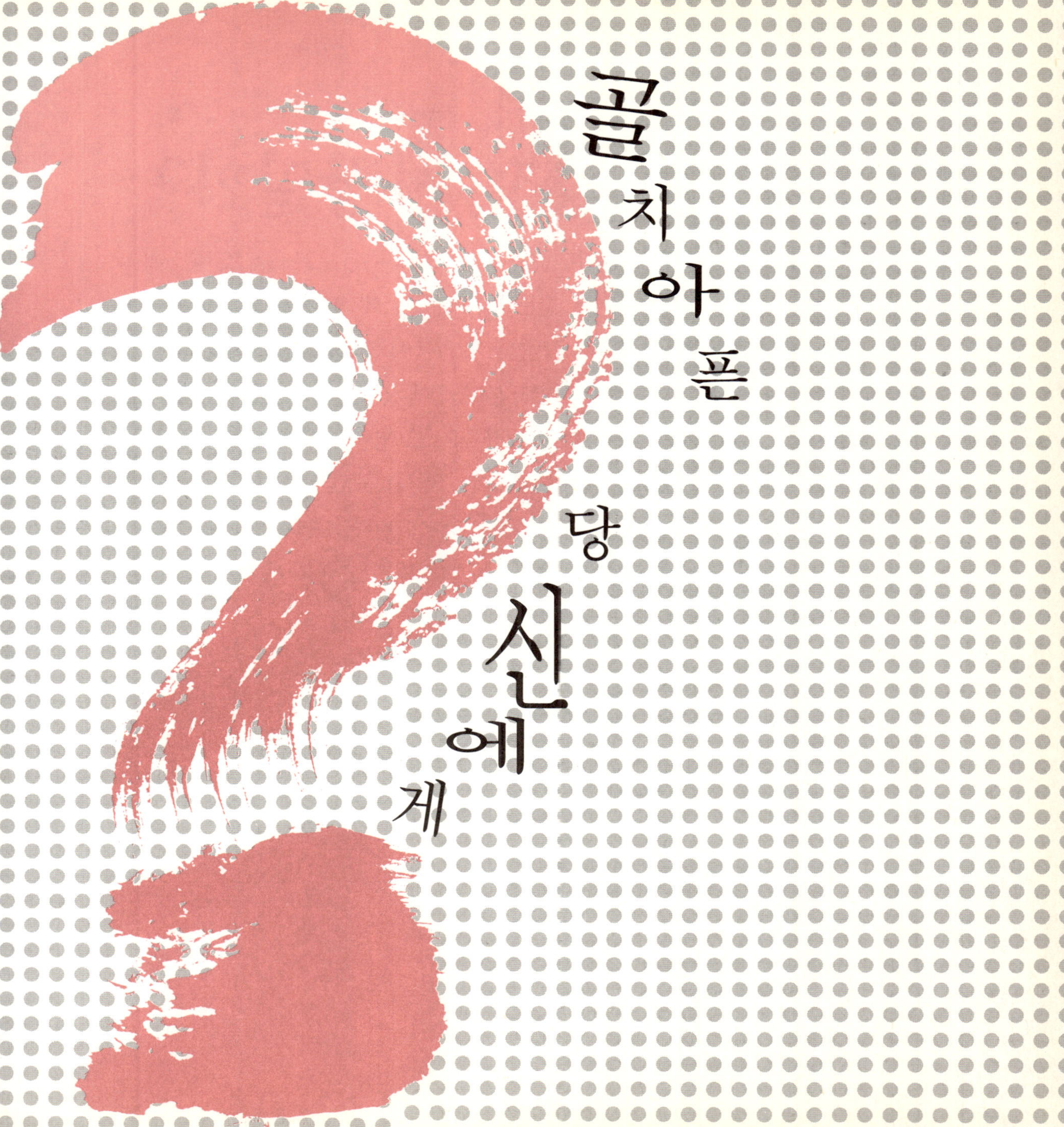
골치 아픈
당신에게
게

이 감정, 사랑일까?

그것이 진짜로 좋아하는 건지는 잘 모르겠어요, 평소에 같이 일하면서 친분을 가진 친군데, 최근에 둘이서 만난 적이 있습니다. 그 친구가 기분이 영 안 좋았던 날인데 때마침 심심했던 저도 혼자 집에 있기 싫어서 그녀를 불러내 같이 데이트를 즐겼어요, 그녀는 절 참 편하고 재밋는 친구라 생각하고 저 또한 그녀를 재밌고 편한 친구라 생각하는데 그 만남 이후 그녀에게 자주 연락을 하게 되고 만나고 싶고 하지만…… 그녀에게 고백을 하기엔 뭔가가 아닌거 같고 안녕, 젊은이. 난 할매일세. 찹쌀떡을 씹느라 턱이 참 뻐근하구만. 내 틀니.

무튼 자네 글 잘 읽었네. 이 늙은이, 갑자기 궁금한 게 생겼어.

혹시 말이우, 자네 순수한 여자사람친구를 한 명이라도 갖고 있는가? 혹시 없는가?

음……

젊은이는 남자, 그 처자는 여자. 그려, 알어. 허지만 남자와 여자가 만나서 반드시 연애만 해야혀? 건 아니잖으. 진짜 재미있는 친구, 편한 친구로 만나도 충분히 되는 것이제.

자주 연락을 하게 된다, 만나고 싶다……

그렇담 자네, 스스로에게 이렇게 질문해보게.

난 그 사람과의 스킨쉽을 꿈꾸는가.

쉽게 말하면 이런 개소리가 있는데, 음, 자네에게 소개하게 된 것을 영광으로 생각하네만.

"니가 그 사람에게 키스할 맘이 도저히 들지 않는다면 그거슨 우정"

(때맞춰 밖에서 바둑이가 멍멍 짖는다)

그랴. 아유, 시끄러. 근데 정말 맞는 소리 아넌감. 얼씨구, 고걸 확인하겠다며 다짜고짜 조동아리 돌진허진 마시고 (껄껄껄 썩을놈) 본인이 그럴 마음도 가져볼 수 있겠는가를 한번 생각해보라는 것!

워매, 90년 살아온 내 경험을 보았을 때 이건 정말 기똥찬 기준인 것 같아.

그래, 이거야.

그리고 말이여.

남자와 여자라고 해서 뭔가 강박관념을 갖고 둘의 사이를 연애다 아니다로 확정 지을 필요는 없다우. 고백을 하기엔 아닌 것 같다면 굳이 조바심 낼 것 없어.

더 만나봐.

그렇게 편하게, 그러면서 차근차근허게.

그러다보면, 얼쑤절쑤, 두근거려, 다른 사내 질투나, 위매, 요로코롬식의 분명한 연애감정을 화들짝 느껴버릴 수도 있을 것이고, 만일 고게 아니라면 뭐, 계속, 고렇코롬 편하고 따뜻하게, 이바구 나누며 좋은 관계로 지내볼 수 있는 것이제.

친구가 되려나, 연인이 되려나, 아님 그 어떤 애매모호한 사이에서 놀아보려나, 재미진 이 풍경. 지화자.

근데 있잖수, 그런 구분 말야, (그러다 갑자기 작은 소리로) 실은, 별로 신경 쓸 필요 없다우. 그게 어떤 형태를 갖추고 있건 너네만 즐거우면! 그 이유는 내 다음에 알려줌세.

우선은 즐겨보우, 느껴보라구. 현재의 그 관계 말야!

무튼 기원하리다,

찹쌀 같은 미래.

네가 참 좋아, 친.구.로

진짜 친한 여자애가 저한테 고백을 했습니다. 좋아한다고. 걔는 진짜 고등학교 때부터 친했고 대학도 같이 다닙니다. 그러다보니 얼굴도 자주 보고 같이 술도 자주 먹고 죽이 잘 맞는 편입니다. 근데 정말 딱 그거뿐이고 여자로 느껴지진 않습니다. 정말 좋은 친굽니다. 거절하면 애가 엄청 마음 다칠 거 같고 앞으로 얼굴보기도 불편할 텐데 그리고 무엇보다 전 애가 친구로선 참 좋은데 말이죠. 털털하고 편하고 워낙 오래 알고 지냈으니 통하는 것도 많고. 우선 지금까지 피해다니고 있습니다, 걔도 우선 연락이 없고요. 하지만 기다리고 있겠죠. 어떻게 하면 좋겠습니까. 골치 아픕니다.

오, 젊은이. 난 할매라네.

댁이 골치 아픈 건 참 당연해. 당황을 넘어 지금쯤은 짜증이 솟구칠 수도 있겠지. 왜냐하면 이건 당신이 자초한 상황이 아니니께.

둘이 자알 재밌게 지내고 있었고 아주 평화로웠고 평화로웠지, 응.

근데 갑자기 산사태 일듯 그녀가 느닷없이! 이 평화로운 동산을 다 망가뜨리곤, 워매, 자네에게 다가와 고백을 했어. 워어매.

좋아한대.

하지만 네 마음은 달라. 사귈 맘은 없어.

오.

지금 당신이 제일 바라는 거?

친구로 지내자라는 당신의 답이 떨어지기 무섭게 그 처자가 신속하고 시원허게, 응 그래, 씽긋, 태연해지는 거.

근데, 하아. 댁도 알다마다. 오라지게 어렵지. 설사 그 아가가 시원시원 미소를 발사해 와도 이제 믿지마, 워어매, 거짓 웃음. 속으로는 피눈물 철철, 쪽팔림 철철, 민망함 철철, 쥐구멍 탐사대 철철철. 그리고 시간이 지날수록 그 처자는 낯빛을 잃고. 고통스러우니까.

어쩌면 애초에 그녀도 알고 있었을 것을. 댁이 처자한테 흑심 전혀 없다는 거. 그저 동무일 뿐이란 거.

그런데, 대체 왜 고백하느냐고? 댁을 지켜보며 본인 연정 억누르는 고통이 견딜 수 없을 만큼 커져버렸을 테니께! 그녀는 용기 있어. 대찬 처자 같으니!

어쨌든…… 시간이 흐르면 감정은 정리되긴 할 거여. 세월이 가면 감정도 변하니. 다만, 그게 얼마나 걸릴지는 누구도 예측 못 하제. 앞으로 당분간 꽤나 사막의 길을 걸을 걷겠구먼.

그런데 말이야. 당신이 집중해야 할 문제는 그 처자가 아니야.

당신이라네.

지금 정신이 빠졌어. 왜냐하면 지금 친구를 잃게 생겼으니께. 그게 무서워서 이러지도 저러지도 못허는 사내.

일러둘 게 있수.

만약 자네가 이렇게 우왕좌왕하다가 그 친구를 잃기 싫은 나머지 "에이, 그까짓 거 사귈래!" 해버릴 각오를 다지겠다면, 난 말리고 싶어. 그건 더 큰 재앙을 불러오니라…….

내 확신하지! 내 식혜를 걸고!!
사랑 이외의, 당신이 가진 미안한 마음 혹은 동정심 이런 것들로는 연애라는 게 유지될 수 없는 법이거든. 안 그려우, 우주총각?

외계인 (옆에서 밥알을 떠먹다) 연애

를 구성하는 모든 물질과 호르몬과 철학 등등등은 아주 복잡하면서도 심히 강렬한 것들이라, 완전 그대가 사랑에 빠진 것이 아니라면 그거 흉내내기 어렵다. 삐륵삐빠.

참고로 여기서 사랑이라는 건 소위 '가벼운 사랑', '그저 만나는 것'의 감정도 다 포함하는 개념이다. 차라리 당신이 그녀를 가볍게 만나는 여인으로 생각한 뒤 정말 엔조이할 마음으로 즐기겠다 해도 저 할매는 안 말려. 그치? (맞어) 어쨌건 그것도 할매가 연애감정으로 쳐줄 것이니.

그나저나 이 액체, 리필 좀…… (부엌으로 가버리는 외계인)

할매 근데 지금 당신 마음처럼, 초기 불씨가 우정과 동정심이 결합된 그 무엇일 뿐이라면, 다시 말허지만, 정말 그 연애 힘들어.

아마 이렇게 될 테야, 댁이 후에 지쳐서 그 처자에게 못되게 굴거나, 그 처자가 먼저 알아채고 더 많이 상처입거나.

결국 엉망징창이 되는 거지. 연기력은 머지않아 후달려지는 법.

그러니 그녀가 애인으로 안 느껴진다면 부디 연애 걸지마시게.

자네와 그녀,

모두 괴로워질 테니.

우리 사내가 할 수 있는 일은, '미안허지만 사귈 마음은 없다.' 솔직히 말하고, '계속 동무해 줄 순 없겠니?' 간절히 부탁하는 것뿐.

162

그리고 견디시게. 기다림을, 아쉬움을, 서글픔을. 자네가 원하거나 자초한 것은 아니지만. 원래 세상일이 거의 그렇지러.

허나 이 와중에 중요한 건, 자네에게 닥친 일에 대해 허둥지둥 휘둘리지 않고 자신이 맘먹은 대로 행동하고 감당하는 자세라네. 그러니 감당허게나. 용기를 냈던 그 처자가 영영 떠날지 몰라도……. 토닥토닥. 어쨌건 당신은 최선을 다한 거니께. 스스로를 위로하게. 그리해도 돼.

총각, 맘이 서글프다면 담에 한번 놀러오시게.

식혜 잔치로 기분전환을.

(부엌을 보며) 악, 우주총각. 한 동이 다 동냈겨?

도대체 이 동생 마음은 뭐야?

우연찮게 연락을 하게 되면서 뜨문뜨문 연락을 시작함. 정신 차려보니 그 연락이 이제는 매일이 됐음. 연락 안 하는게 이상할 정도임. 그쯤 되니 당연히 궁금해지는게 이 아이 마음임.

이 아이가 나를 대하는 태도는 뭔가 수상함, 깔끔치 못하고 궁금함과 여운을 남김. 근데 얘는 천성이 좀 다정다감함, 많이 신경쓰고 많이 챙겨줌. 장난삼아 말로는 누나누나 하는데 나를 완전 누나가 아니라 막내동생으로 생각함.

티는 안내지만 그럴 때마다 간질간질해 죽겠음. 얘가 나를 좋아하나?

퇴근했다, 누구랑 밥 먹고 있는데 술은 안 먹었다, 집에서 뭘 했다, 잔다, 보고를 하고 있음. 또 내가 서운해 했던거나 내가 지적질 했던걸 깨알같이 기억하고 있다가 고쳐감. 내가 화내고 삐지고 서운해하면 잘못했어 미안해라는 말부터 나옴, 여지껏 남자 친구애들은 그런적이 없었음. 마음 많이 상했냐며 다신 그런일 없을거라며 다정다정 열매를 먹은듯 함. 착한 여자가 이상형이라면서 맨날 나한테 착하다고 해서 사람 마음을 심란하게 만들기도.

얘가 그렇다고 나한테 무슨 스킨십 따위를 한적은 단 한번도 없음. 스킨십이 아니라 얘는 나한테 손 끝도 대본적이 없음. 또, 얘가 여자애들을 대하는것도 다름. 다른 여자 친구들한테랑은 뭔가 다름, 뭔가 미묘하게 다름. 친한 애한테는 틱틱대고 장난치거나, 그게 아니면 그냥 인사나 하고 하는 어색한 사이임. 근데 난 이쪽도 저쪽도 아닌 다른 부류임,

같은 회사에 있는 지 친구랑 친하게 좀 지내보라며 지 친구랑 나한테 쌍방으로 어택.

내가 지랑 친한 친구니까 지 친구를 소개시켜주고 싶다고 함, 같이 친하게 지냈으면 좋겠다 싶다나……

안녕. 난 할매이니라.

읽으면서 추억에 젖었다.

젊은 날에 만났던 한 소년이 있었지.

하얀 피부에 빨간 입술. 가스나 같다며 흉으로 쳐도, 야리야리 그 몸짓은 왠지 모르게 여자 마음 덩실덩실 흔들리게 하는 구석이 있었어.

그 사내와 나는 뭔가 이상한 사이였다네.

서로를 지나치게 걱정하고 서로의 눈을 지나치게 바라보고 서로에게 지나치게도 많은 말을 달달하게 속삭였지. 난 잠을 이룰 수 없었어.

근데 아무리 생각해도 무슨 감정인지는 모르겠더이다.

훗날 그 일을 추억하며 '뭐, 아마 사랑이었겠지' 하고 생각했지만. 뭐, 찜찜하제.

그가 코쟁이 나라로 떠나기 전까지 우린 계속 그렇게 지냈어.

도대체 뭘꼬 그 관계는. 저수지 잉어 낚시 놀음? 껄껄. 자반이 땡기네.

허나 중요한 얘기를 해줄게. 내가 구십 년쯤 살면서 여러 얘기 두루 들어보니께 그런 작자, 그런 관계, 의외로 많더이다. 응?

댁 말대로, 손끝 하나 안 건드리면서도 서로의 속내는 깊게도 미주알고주알 나누는 사이. 반면, 만나면 진하게 부여잡고 뒹굴면서도 십 몇 년을 안부 하나 안 묻고 매번 헤어지는 사이. 뽀뽀는 야무지게 하는데 키스는 안 하는 사이. 키스는 안 하면서 야한 얘기 질펀히 주고받는 사이. 야한 얘기는 아닌데 뭐가 그렇게 재미진지 신명나

165

게 수다 떨며 밤이고 낮이고 떨어질 줄 모르는 사이.

도대체 이놈들은 다 어디서 튀어나왔는고.

혹시 갸들……우리네가 어린 시절부터 익혀온 '모 아니면 도'의 관념들을 쨍강 깨뜨리려고 출동헌 도깨비들이랑가. 할매, 관념은 그저 관념일 뿐이여요, 하려고?……하……

몰러부러.

어쨌든.

내가 해주고 싶은 얘긴 이걸세.

자네 곁의 그 남자는 대부분의 사내들과 비교했을 때 좀 다른 게 확실해. 독특한 자가 분명하구먼. 무척 자유로운 세계관을 가졌어.

그래서 확실히 그는 자네를 친구로도 애인으로도 여기지 않아. 놀랍지?

그럼 무엇으로 여기느냐. 내가 괴물이냐 워매, 그제?

자네가 짜증나는 게 당연지사. 헌데 기쁜 점. 적어도 그는 자네를, 자네가 걱정하는 것처럼 그저 친구로만 여기는 것은, 또한 분명 아니라는 거. 매일매일 연락하고 이것저것 깨알 같이 배려하고 미안할 땐 발이라도 핥을 것처럼 사과하며 어쩔 줄 몰라하는, 그런 것이 어찌 그저, 그저, 우정이겠는가. 그런 찐한 친구가 있어부러? 아, 남정네가 어찌 그리 한가하겠어.

그러나.

하, 참. 연애감정도 아니지. (뭐여) 온갖 달달한 짓을 해놓고도 자꾸 친구라고 쿨한 언질 주는 거. 너무 모자란 놈이 아닌 이상에야, 흑심도 아닌 거 같수. 아녀.

"그렇다면 그 노마는 무슨 생각을 하는 건데요?"

자네 혹시 이렇게 생각해볼 수 있었는가.

우정과 사랑 사이, 그 어떤 지점 위, 몽환적인 감정.

기존의 잣대로 보면야 애매모호하고 하자 있는 감성이겠지. 그려서 막 어장 범주에 넣어버릴 수도 있겠지. 허나……

사실 까놓고 보면 우정이네 사랑이네 이런 것도 그저 단어 놀음이라우. 사람들이 편의로 만들어 놓은 간이관념.

진짜야.

사람은 호르몬에 따라 들뜨고 욕정 피어오르다가도, 또 담담해지고 아늑함을 찾고 그러다가 또 성질내고 그러는, 연약한 동물 아닌감. 그러한 동물이 만들어낸 관념이라니, 허, 애초에 부서지기 쉬운 것이지.

그러므로 사랑과 우정 사이, 사랑과 우정이 섞인 감정, 뭔가 애매하게 따뜻한 심리들, 그러한 어중간한 것들, 당연히 어수선한 현실에선 꽤나 심히 득시글득시글거릴 수밖에.

물론 다시 말하지만, 그 사내가 평범치는 않은 세계관을 가진 게 분명혀. 근디, 근디……

그러면 어떠허리. 응?

매력 있으면 장땡인 것을. (정말이랑가?)

아, 괜히 이것저것 따지고 욕하는 거, 그것은 인생 낭비야. 이 자유국가에서. (어머)

그러니 자네! 이제 생각의 시간을 한번 가져보시게. 자신의 마음을 돌이켜봐. 그래서……

분명히도 그대 맘이 사랑이라면, 자네는 머지않아 속앓이와 마음고생을 하게 되겠지. 그러다 어느날 버럭 댁이 본인 마음을 고백해버리게 될 것 같어.

근데 그거 나쁘다고 생각치는 않수. 고백 후에 오는 이별이나 비탄도 크게 보면 너무 당연히 감당해야 할 결과. 애초부터 어쩔 수 없당께. 하. 그치. 원래 사랑은 자신이 자초하지 않은 것임에도 많은 아픔을 마주치게 하는 것이니께. 토닥토닥.

고로 진정 좋아한다면 스스로의 감정을 존중하는 뜻에서 대차게 고백허게. (또 혹시 모르잖는가) 어쩌면 그가 급 본인 마음의 방향을 돌려 그대에게 풍덩 빠져버릴지도.

자, 그리고.

그대 마음이 만약, 만약 말일세. 그 사내와 똑같을 수 있다면……그러니까, 우리 처자도 실은 사랑도 우정도 아닌 애매한 그 감정, 스스로 그런 감정을 갖고 있는 게 아닐까 여겨진다면은.

음. 이보우,

현재를 요로코롬 계속 즐겨봄이 어떠한가. 지금 이 상황을 따지거나 재단 말고 온전히 받아들이며 신기하게 관찰도 해보믄서.

그게 가능하다면,

오, 자네는 앞으로 놀라운 추억을 만들게 될 거야. 사람들이 경계 짓고 구분하는 관계의 관념을 넘어 그 어딘가 안드로메다에 있을 법하믄서도 또 상당히 기분 좋고 아늑아늑 포근포근한 사이를 당신네들이 느껴볼 수 있을 것이거든.

그 경험도 아무나 해볼 수 있는 게 아닐껴. 귀한 기회지.

그러니, 둘이서

그런 비밀스런 오솔길을 쭉 따라 마실 가보는 것도 좋을 것 같다네.

그래,

어떤 선택을 하든 당신이 최대한 행복해질 길을 따라가길.

예쁜 처자의 행복을 기원하며. 

친구에게 고백했는데 답이 없어 

　얘랑 저랑은 정말 오랜 친구예요. 좋아한 건 오래 됐지만 친구사이 멀어질까 꾹 참다가 진짜 몇 년 만에 고백을 했어요. 주위 친구들도 티 안낸 게 대단하다네요. 그 친구는 내 친한 친구들도 한 번씩은 좋아한 인기쟁이예요.ㅋㅋ 좋다고 하는 여자들 다 차버린 나쁜 남자지만 지금까지 친구로 잘 만나고 있어요.

　저도 차라리 차이고 싶었어요. 얘랑 잘해볼 맘으로 말한 거 아니거든요. 도저히 걔랑 만나면서 딴 남자도 못 만나겠고 이건 뭐 친구도 아니고 남친도 아니고 제 맘만 더 좋아지고 해서 얘 안 봐도 된다 싶은 마음에 제 맘 접으려 말한 거예요.

　근데 갑자기 왜 이러냐고 답신이 온 거예요. 그래서 부담주려고 말한 거 아니라고 했더니 연락이 삼 일째 없어요. ㅋㄱㅋㅋ 다른 친구들은 거절 잘 만하더니 제 고백은 왜 씹는 걸까요? 차라리 싫으면 싫다고 말해줬음 좋겠는데…….

　물론 다른 친구들보다 내가 가장 친했던 여자 친구이기 때문에 당황스러워서 그런 걸 수도 있지만 그렇다고 이러는 건 정말 자기만 생각하는 거죠. 내 생각은 하나도 안 해주는 거죠.ㅜㅜ

　할매할매 말 좀 해줘요!

안녕, 난 할매이니라.

우선 짝짝짝짝! 그대에게 폭포수 같은 박수를 보내고 싶네.

잘했어, 고백. 많은 이들이 그렇게 매일 밤 가슴 끙끙 앓으면서도 평생 도전 못 하는 경우 다반사 거든.

자, 이제 그대가 궁금한 거.

왜 그는 연락이 없는가.

내 생각엔 두 가지 경우 중 하나야.

우선 하나,

그가 보기에 당신 성격이, 자기가 거절을 해버리면 이제 친구고 뭐고 다 포기하고 영영 자기 곁을 떠나버릴 것만 같다고 보였을 가능성. 그래서 다른 여자들에게완 다르게, 거절이 힘든 거야. 댁을 잃긴 싫거든. 좋은 친구니까. 그래서 지금 몹시 고민하고 있는 듯.

그게 아니라면.

갑자기 확 당신의 존재가 부담스럽게 느껴진 경우. 댁을 마치 남자처럼 여기고 있었는데, 그런 자가 고백을 해오자 "앗! 믿을 사람 하나 없구만." 하며 피하는, 고딴 식의 꼬마.

어쨌건 처자, 그게 자네 탓은 아닐세. 자네가 매력 없어서도 아니고. 댁이 고백을 포기해야 할 하등의 이유도 없고. 당신은 그저 할 일을 했어. 계속 숨기기엔 그대 열병 너무 컸잖아. 그러니 고백, 참 잘혔다니껨시

171

다음으로. 당신이 그랬지, 이렇게 계속 침묵하는 거, 너무 자기 생각만 하는 거 아니냐고.

그래, 맞아. 그 놈 정말 자기 생각만 하는거. 그런데 말이여. 어쩌면 당신도 막상 그 남자 상황에 닥치게 되면 이래저래 남 배려할 정신머리를 상실할 수 있다우. 원래 인간이란 다 좀 모자란 구석이 있으니께. 물론 그게 잘하는 짓이라는 건 아니지만.

어쨌든 시간이 좀 지나야 돼. 그와 당신 다시 다 편해지려면.

그러니 당신도 이젠, 왜 연락이 없지, 무슨 일 있나, 걱정 말고 살살 천천히 마음을 추슬러봐. 오히려 잘 되었으. 계속 얼굴 보면 맴 정리하기도 힘들제. (하며 백숙을 냄비 째 내오는 할매)

하.

아프겠지만 어쩔 수 없는 것,

지금은 고백한 자가 감당해야 할 시간. 힘들어. 토닥토닥. 기운 내시게. 힘을 내. 또 다시 사랑의 모험 떠나야지.

 (닭다리를 뜯어 손에 들려주며) 자. 팍팍 먹어. 맛있어.

애인 생긴 이성친구를 어떻게 대해야 할까요?

전 여자구 친한 남자애가 비밀연애중이래요. 저도 그 여자애 잘 알구. 그런데 둘이 사귀는거알고 난 후로는ㅜㅜ 개네둘은똑같은뎅 그남자애한테 예전만큼 잘 못 대하겠더라구요ㅠㅠ

뭔가... 여자애가 좀 신경 쓰여요ㅜㅜ 혹시라도 싫어할까봐ㅜ

안녕, 난 외계인. 토성에서 온 외계생물.

당신에게 다가온 그 생경한 불편함. 무엇인지 대강 알 것 같다. 하, 지구인들이란.

연애라는 게 상대를 찜꽁하며 침 발라놓는 게 아닐 텐데도, 제 3자들로 하여금 괜히 영역침범괘씸예비죄인의 떨림과 불안을 느끼게 한다. 쳇. 참. 칫.

하지만 당신도 이해는 하지?

사랑은 원래 생물을 다 바보로 만들잖아. 띠리리 띠리리.

그것도 아주 골치 아프게, '예민'한 바보. 내 꺼 손대지 말라며, 쓸데없이 많은 걱정과 고민을 하게 하는 멍청 바이러스. 덕분에 주변 사람들 앞에 자신의 치부를 드러내고, 유치한 짓도 많이 하게 하지. 인간뿐 아니라 개, 고양이, 사자, 호랭이, 이티, 명왕성골룸, 다 마찬가지라고.

그래서. 당신은 지금 불편해졌다.

물론 당신이 유독 남한테 욕 먹기 싫어하는 성격일 수도 있다. 당신이 예민한 걸 수도 있다. 하지만 어쨌건 누구나 마찬가지로, 그 상황에선 괜히, 쓸데없이, 친구를 잃은 듯한 상실감과 억울함을 조금씩은 느끼리라. 재미있군. 뭐 이딴 우주의 골치아픔 리즘이 다……

하여간 현실이 그러하니, 당신이 그 여자에게 욕먹기 싫다면, 조심해야 한다.

이렇게 해보는 게 어떠한가. 삐리빠빠. 그 남자와 개인적으로 만나기로 했다거나, 같이 놀기로 했을 때, 그 여자한테 미리 알려줘. 정색하고 진지하게. 스스로도 좀 오바스러울 정도로. 그리고 농담삼아 '아무래도 네가 걱정할 거 같아서 걱정됐어. 근데 나 개 진짜 관심없어.' 같은 소리를 하며 그녀를 웃겨줘. 아마 둘이 깔깔거리게 될 거라고. 유쾌하게 말이지. 그렇게 **한동안 친절예고방송과 안전수칙 이행인증을 발송하며 지내다 보면 언젠가부턴 그 여자도 마음을 푹 놓게 될 거야.**

당신을 믿게 되리라. '아, 애는 걱정 안 해도 되겠구나.'

그러면 괜찮아지는 거야.

그렇게 된다. 진짜.

중요한 건, 속이지 않는 거. 그것만으로도 사람은 감동을 받으니까. 어쩌면 당신은 당신의 배려 덕분에 친구를 하나 더 얻게 될 수도 있겠다. 그렇게 편히 생각해. 가뜩이나 평탄치 않은 지구. 근심 더 추가하면 등골 더 휘잖아.

그럼 행운을 빌며. 안드로메다 레이져를 받으라. 뿌압.

사랑의 구급상자
FIRST
AID

피하지마

남친이 며칠 동안 연락이 안 되
다가 오늘 겨우 연락됐어요. 근데
거의 절 피하는 것 같아요.

안녕, 난 마법사 볼드모태.

(사람과 선인장 사이에서 태어난 까시까시리또에게 음식을 주며)

하, 새끼, 더럽게 처먹네. 빨리 말해, 해리 포카리스웨터 어디에 숨겼어? (그가 반항하자) 아악! 더럽게 아파! (볼드모태, 피를 질질 흘리며 초라한 모습으로 도망간다.)

하……뾰족한 자식.

그래, 머글.

아직 확실한 건 아무 것도. 다만, 여자의 촉은 저 가시처럼 예리하니까. 음.

이봐, 여자여, 진짜 현실을 확인하고 싶은가? 그 차가운 진실, 니가 예감하는 그것, 눈으로 똑똑히 정말 보고 싶어? 오. 대부분은 그걸 피하려고 하는데. 너무 고통스러우니까. 그래서 다들 최대한 도망가. 그리고 착각을 키워. '에이 아닐 거야. 바빠서 그런 걸 거야. 무슨 사정이 있겠지. 오, 사고가 난 걸 수도.'

진실은 아픈 것.
하지만 도망간다고 나아지는 건 절대 없는데.

오히려 오래 찝찝해. 게다가 본인은 나약해져. 미련 때문에 새 출발할 기회만 놓친다고.

당신!

이미 이별의 스멜을 느껴버린 머글리안. 널 위한 내 조언은 이것뿐이야.

당장 그 남자를 납치해! 만나서! 시선을 맞추고! 똑똑히 물어봐!

"너 이제 나 싫은 거냐? 싫은 거면 싫다 말해. 비겁하게 이게 뭐하는 짓이냐. 사람 더 성질나게. 예의를 갖춰라. 알겠느냐. 확."

그러고 대답을 들으라. 확인하라고. 구라구라 까는 것도 족족족 후려던지고. 이빨 까고 핑계 대는 거 용납치마. 제대로 된 속내를 그의 육성으로 들어.

그런 뒤,

빨리 당신은 해방되어라.

고통 오래 가겠지만 그래도 귀 막고 눈 감고 환상 만드는 거, 난 별로 권하고 싶지 않아. 언제까지 소설 쓸래. 신춘호그와트마법사문예마저도 그런 걸 원하진 않는다고.

정말이야! 훨씬 나아. 너에겐……

하, 아니다. 강요는 하지 않는다. 정말 쉽지 않은 거니까. 다만.

그대에겐 힘이 있다는 거. 이걸 잊지마.

……하. 나 자꾸 따뜻하게 충고하고 있어. 뭐야. 나 미쳤어. 뭐하는 거야. 더러운 나. 천하의 볼드모태. 어둠의 제왕. 부활하라, 페트리피쿠스 토탈루스!

……그나저나 피가 멎질 않는군. 젠장. 지렁이기름을 발라야겠어. (약상자를 찾아 나서며)

우리 사이, 변할 수 있을까

이 남자는 저에게 표현을 잘 안 해요. 좋아한다 사랑한다 보고싶다 기본적인 표현 섞인말……도 말해야 아냐고……몰래 나이트가고, 딴 여자가 생긴건지, 폰을 가방에만 넣어놨다가 화장실 갈 때만 가져가질 않나. 더 심각한건 말버릇이에요. 정말 욕을 달고삽니다. 참 이해할 수 없을 정도로.

그래도 정말 다 터놓고 대화 끝에 나이트는 다시 안가겠다, 딴여자는 맹세코 없다, 그리고 욕도 안 하려고 노력합니다. 이 남자도 저도 진짜 지칠 대로 지쳐서요.

만날 때마다 거의 말다툼. 제가 오죽하면 상담센타 가서 부부상담 클리닉 가서 상담 받아보자고 했겠어요. 근데 제가 지금자격증시험이 70일 남아서 신경 쓸 거를 이 없어서……진짜 나아질 수 있는, 돌아갈 수 있는 방법이 있는지, 방법이 무엇인지, 나아질 수 없다면 솔직하게 말해주시구요. 그럼 부탁드려요. 내심 나아질수있는 가능성이 있다고 말씀해주셨으면 좋겠네요.

안녕, 난 외계인이다. 지구생물은 응답하라. 삐리빠빠.

희망? 그래, 말해주리라, 희망.

당신이 말하는 남친의 단점, 그걸 이 남친이 고쳐보려하고 있고 당신은 참아보려 하고. 이렇게만 본다면 자, 짝짝짝짝짝짝짝짝. (안드로메다식 발박수) 도처에 널린 희망. 그러나 문제, 과연 이렇게까지……하……이다. 삐립뿡. 왜.

남친의 단점이라는 것이, 당신 눈에는 '단점'이겠지만, 그 인간에게는 그저 살아오면서 쌓아온 본인 특징일 수 있다. 그래서 스스로 그러한 걸 바꾸기는 무척이나 힘들 뿐더러……삐룩삐룩. 그리고 당신 말이야, 본인의 성질에 대해서는 정작 아무런 고찰을 하지 않고 있는 거 같은데.

한번 생각해보아.

지구인이여. 당신도 알겠지만 당신은 다 큰 당신의 여러 면모를 확 바꿀 수 있겠나. 몹시 힘들다. 게다가 억울하고. 왜 나한테 그래, 이게 어때서? 내가 누굴 해치기라도 했나?

어쨌든 각설하고 대답해줄게. 앞으로 그대들이, 일방이 아니라, 서로서로 서로에게 굽어준다면 평화로운 관계 도모에 대한 희망, 물론 있겠지.

그러나 분명 꽤나 힘겨울 것이라는 예감.

그리고 그 과정에서 서로에게 더 지칠 것 같다는 것이 나의 추측.

그렇담 부부상담클리닉까지 가자고 제안할 정도로 당신이 이 관계를 굉장히 진지 하고 장기적으로 보고 있는 중인 건 알겠지만, 다시 한번 지금 상황을 냉정히 볼 필 요 있어. 당신의 노력, 그거 어쩌면 관계 회복을 통한 행복 추구라기보단 그냥 이 관계 유지, 그 자체에 대한 강박 아닐까. 삐똥땅.

　그러니까, '반드시 이 관계는 살아있어야 돼.' 라는 현상유지에 대한 강박이 있으면, 대부분, 판단이 둔해져. 두려움 때문에. 공포는 지구라이프의 많은 것을 망치곤 하지. 그것은 되려 인간이 인간에게 더 퍼붓고 더 분노하게 만들던걸.

　지구인이 가끔 제3의 눈으로 현 관계를 조망할 수 있을 때 비로소 깨끗이 현재의 전반적인 판을 스스로 볼 수 있고, 그래야 또 담백하고 깔쌈한 판단이 가능해. 삐리빠뽕 삐리똥뿜. (내 폼 똥 폼. 내 폼 개 폼) 아. 다시 정신 차릴게. 빡. (대기권 수호신이여, 에너지~)

　그러니 여유를 가지는 게 어떨까.

　잠수가 좋은 건 아니겠지만, 뭐, 애인생물에게 미리 얘기해놓고 잠시 홀로 시간을 보낸다면 그대에게 좋을 듯. 쉬다 보면 생물의 심신이 편안해지면서 다들 좋은 해결책을 떠올리곤 하던데. 뿝.

　그것이 작은 희망. 결국 당신이 더 쥐고 있을 수도.

　그럼 행운을 빌겠다,
　토실토실 토성 에네르기파를 전하며.

썸남이 떠났어

    썸남이 대학 가고 안녕 했는데 예전에는 서로 어깨도 빌려주고 기대고 연인처럼 손잡고 다니고 연락도 맨날 했는데, 저는 맨날 설렜는데 점점 썸남이 질린지 안녕 한 것 같고 대학가서 더 안녕 한 것 같아요ㅠ 전 썸씽 시작 할 때부터 이태껏 좋아하는데 ㅎㅎ 그 사람이랑 추억이 너무 많고 ㅜ 뭐만 하면 다 생각나고 꿈에서 나옴. 울구 ㅜㅜㅜㅜㅜ 지금 아마 제 옆에 잇음 안고 안 뇌줫을 꺼예요 ㅜㅜㅜㅜㅜㅜ요즘은 그냥 저를 위로 해주고 싶어요 ㅜㅜㅜㅜㅜㅜ

    이게 정말 정답 인가요 ㅠㅠ

안녕 난 노래요정 마리아.

스위스위스위스위스.

공기 좋아 알프알프앒앒알프스. 호우!

오늘은 좀 야성적인 세뇨리따싱어송라이터로서의 면모를 보여주지. 들어봐. 쓰뚜 뿝뿌 훠우예에.

그대 사연 읽으면서 나도 잠깐 추억에 잠겼어요. 풋풋풋한 그때 그 시절.

(하, 싱그럽기도)

그대 눈물 닦아주고 싶어라.

(호 호 호우 훠어어후예에)

근데 말이야, 말이야 말이야 마리아 말 좀 들어보란 마리야.

썸 썸 가슴 설레는 그 썸썸. 소중해. 아까워. 감질나는 기분.

하지만 사실 그것들은요. 이 지구에 파도처럼 펭귄떼처럼 난무한다구.

(난무난무난무난난)

정말. 앞으로 그대 삶에 삼천번 삼만번도 넘게 나타나 그대 마음 후리고

(호)

그댈 흠뻑 행복에 젖게 할 거야.

(아아아으하 첨벙첨벙)

지금 아프지. 그래그래 으아으아. 어쩔 수 없어. 왜 내게 이런 시련.

(끙차)

하지만

(하)

그대 염통 따가워도

(오)

견디면 어른 돼.

(오)

우쭈쭈쭈 잘 큰다 잘 커.

(삼천미터)

그대 심신 무럭무럭.

(재크와 콩나무처럼)

아픈 성장통 끝에

(꺄)

그대 더 세련되고 아름다운 매력녀 되리.

(라릴라라)

분명! 내 말 믿어보라구!

(두유트라스트미)

그럼 이제 당신이 최대한 빨리 털고 나올 수 있도록 내가 기원하고 또 기원할게.

(동시에 엄청난 드럼 소리)

나와 함께 미래를 위한 노래를 부르자!

(목에 시동을 걸고는) 예에혜에 화뚜루룹뚭땁빱리랍 크어룽 허어어룽음메 허러얽 컹쿵메 허우우훠우훠!

(쏘울 과시하며 소울음 우는 마리아. 서서히 막이 내리고)

여친의 남친 의존증

　　여자친구는 연애 시작한 지 삼개월도 안 되서 지방에 대학교에 붙어 기숙사를 들어가게 되었고, 저와 장거리 연애를 하게 되었습니다. 문제는 여기서 시작되었습니다.

　　제가 보고 싶다며 시도 때도 없이 전화를 하기 시작했고, 기본이 삼십분. 길면 두 시간씩 하루에 세 번 통화를 합니다. 저는 회사 일을 하기 때문에 전화받기가 껄끄럽지만, 최대한 맘 상하지 않게 끊으려 했으나 보고 싶다고 전화를 놔주지 않고, 끊을 때 항상 사랑해라고 말해야 하고, 자기가 끊을 때까지 먼저 끊지 말라고 하더군요. 거기까진 괜찮습니다. 사랑하니까요.

　　하지만 날이 갈수록 여자친구의 짜증이 늘어갔고, 너무 심하길래 조금 자제해달라고 요청했더니 사랑하면서 이것도 못 받아주냐면서 되려 화를 내더군요. 이것이 화근이었던 것 같습니다. 툭하면 사랑이라는 걸 내세워서 굉장히 힘든 요구들이 많았고, 심지어 토요일날엔 일하지 않도록 조치를 취하라고 하더군요. 장거리 커플이기에 주말밖에 볼 시간이 없기 때문이죠.

　　그러다보니 주말엔 쉴 수도 없고, 평일엔 하루종일 통화를 하느라 제 자신을 가꿀 수 없게 되었습니다. 줄여보자고 하면 금방 삐져버리고 오랫동안 그걸 들먹이기도 하구요.

　　본인의 일은 하나도 하지 않고, 시간이 촉박해지면 그제서야 합니다..

여자친구가 물질적인걸 원하지 않는건 참 고맙지만, 저의 생활을 할수 없어서 답답하기만 합니다. 통화할때마다 짜증을 들으니 하루종일 기분이 다운되기도 하구요.

예전에 그저 짝사랑했던 여자가 있었는데. 그게 맘에 안든다며 메신저, 연락처를 지워버리기를 강요했고, 여자친구는 학교에서 여자아이들보다 남자아이들과 더 친하다며 같이 밥을 먹기도 합니다. 그러지 말라고 했더니 그럼 혼자 밥 먹어?라며 되려 짜증을 내더라구요.

그러다가 본인이 가정적으로 많이 힘들면 심하게 저에게 의지를 합니다. 아버지가 술주정을 전화나 문자로 하시기 때문에요. 그럼 또 위로해주고.. 본인이 원하는 위로가 아니면 짜증내고.. 하루하루가 스트레스로 가슴답답함이 끊이지 않고 있습니다.

내가 너무 힘들어서 헤어지자고 했더니 다신 안 그러겠다고 무릎 꿇더군요. 그 상황에선 내가 너무 잘못했구나 그 정도도 이해 못했구나라고 생각하고 헤어지자고 해서 미안하다고 다시는 그런말 하지 않겠다고 넘어갔지만, 여자친구는 변한 게 없습니다.

이제는 제가 숨이 막혀서 도저히 못 견딜 것 같습니다..제가 나약한가요? 저한텐 굉장히 버겁습니다..

이제는 제가 여자친구를 사랑하는 건지, 아니면 여자친구가 안타까워 만나는건지 잘 모르겠습니다..

숨이 막힙니다. 하루도 가슴이 답답하지 않는 날이 없습니다..

너무 힘드네요... 어떻게 해야 하나요..??

난 외계인. 잠시 내 고향 토
성에 와 있다. 자, 우주에서 들
려오는 아득한 메세지를 들으
라. 삐리빠빠.

지구인이여. 넌 이미 답을
알고 있다.

짝꿍을 만나면 '짜증'의 파
동이 일어난다고 했지. 그 '짜
증'을 없애기 위해 둘의 '관계'
를 없애니 또 '죄책감'의 파동이 몰려와. 그래서 그 '죄책감'을 씻으려 다시 만나자
니 또 '짜증' 파동이, '짜증'을 없애자니 또 '죄책감' 파동이. 죄책감을 없애자니 또
짜#%&*((*^$#……

이쪽 저쪽 모조리 다 편할 곳 없는 너의 처지.

그 모든 고통을 아싸리 벗어나는 방법, 뭐가 있을까.

삐리빠빠. 뻬르빠빠. 내 최첨단 검색기기를 통해 찾아보고 있 띵뚱땅뚱띵.

……펑……기계가 폭발했군.

상상바. 지구인들이 욕하는 이유를 알 것 같다.

유감이다. 빡침의 기운이 온 우주를 감싸고 있도다.

띵뚱뚱……

당신이란 지구인이 겪고 있을 모진 고민, 이해한다. 하지만, 난 사실, 당신이 듣고

싫어할 말을 너무도 잘 안다. 제발 그 말 좀 해주세요, 그거 아니냐고.

찔리는가.

나쁜 건 아니다. 그저 나약할 뿐. 그 나약함을 부끄러워할 필요도 뭐. 지구인은 원래 딱 그렇게 생겼다. 타고난 본성을 부끄러워 하지는 마라. 삐리삐빠.

근데 또, 토성인도 마찬가지. 원래 모든 생명체는 다 그러한가보다.

고로, 우린 동지.

긴말 필요없겠네. 떵뚱땅. 알지?

다만. 이거 하나만.

예의바르게, 고해줘, 이별.

새로운 핑계를 만들어 헤어짐을 합리화하거나 설득해보려는 노력은, 블랙홀처럼 이미 가정으로 인한 상처가 깊디 깊은 생물에겐 잔인해. 치명타다.

그러하니. 담담히 당신의 한계 전하고, 당신의 답답함 전하고,

그리고 그녀에게 여지 남기지 않고, 하얗게 돌아서는, 그 따뜻한 템포를,

조금만 궁리해주길 소망한다.

우주동지로서. 삐리빠빠.

그러면 되리라. 자책은 말라. 시간은 가. 당장은 아파도.

같이 울어주마. 뚱떵땅뚱땅땅.

그럼, 모두의 회복을 기원하며.

이거슨 사랑일까, 집착일까?

이게 정말 사랑인가요?

제가 어떤 놈인지 모르겠어요
한 여자를 사랑하는데 제가 봐도 이건 집착이에요
완전히 그 요자한태 미쳤어요
엊그제까지 헤어졌구요 제가……정말 죽을 뻔했어요. 약물
중독으로……

그렇게위세척을 끝내고 난 또 그애를 부르면서 울고요……
이게사랑인가요?……다시사귀는지금이순간이너무좋은
데……이건무슨감정일가요

안녕, 난 외계인. 토성에서 온 유학생물. 온 우주의 정기를 담은 리쓴 투 마 할.

삐리빠빠.

당신은 외롭다.

그 외로움은 굉장히 깊고 오래된 성질의 것이다. 그래서.

연애, 그것만으로는 절대 충족시킬 수 없다. 당신은 계속 허할 터.

그럼에도 지구인이여,

당신은 그 외로움이 그녀로 인해 해결될 것이라 착각하고 있다. 그래서 당신은 혼신 다해 그녀만 붙잡는다.

그렇다. 핀트가 안 맞은 것이다.

연애를 해야 하는 이유는, 당신이 당신의 슬픔을 촤르륵 바닥에 쏟아놓고 볼 수 있는 순간을 만날 수 있기 때문. 똥땅띵똥.

그렇다. 연애는 참 잘 시작했다. 그래서 덕분에 이런 지경에 이르렀다. 삐리릭. 전화 위복이다. 자책 말고, 자학 말고, 지금의 당신을 보라.

그댄 죽을 뻔 했고, 위세척을 했고, 그리고 비로소 의심하게 되었다. '이것이 사랑인가?' 이것부터가 지구인의 성장드라마. 자, 계속 그렇게 생각해봐.

정말로 사랑인가. 왜 사랑이 이 지경까지 날 몰고 가는가. 이건 사랑이 아니지 않은가. 그렇담 무엇인가. 그렇게 묻고 있는 너. 그리고 서서히 느끼겠지.

'무엇인가 있다. 내 안에.'

뭘까. 그 감정의 정체.

192

당신에게 인생에 있어 멋진 기회가 왔다는 얘길 하고 싶다. 스스로를 돌아보게 된 지금을 환영해줘. 그리고 만나. 당신 마음속에서 알아봐달라고 아우성쳤지만 억압 당해 온 그 슬픔과 허기. 더 이상 당신이 부정하고 외면할 수 없는. 그 아픈 자신.

더 이상 그 아픔을 타인에 대한 열정이라고 생뚱맞게 착각하지 않아야 한다고. 베여서 상처가 났으면 후시뽕을 발라야지 엉뚱하게 이빨을 뽑거나 머리 염색약을 먹어선 안 되는 거니까.

삐립뿅. 당신은 그 여자 때문에 괴로운 게 아니다.

아는 것이 반.

만약 내 말에 귀 기울여줬다면, 감사.

지구인이여, 이제 반이나 왔다. 짝짝짝짝.

이제 마음을 가라앉히고 차분히 당신을 아끼며 지난 날에 어떤 부분을 긁혀 피를 흘렸는지를 기억해내야 한다. 당신은 쉬어야 할 때. 절대, 그 여자가 해결해줄 수 있는 문제 아니다.

은하수의 영롱한 기운을 그대에게 보내며. 파이팅.

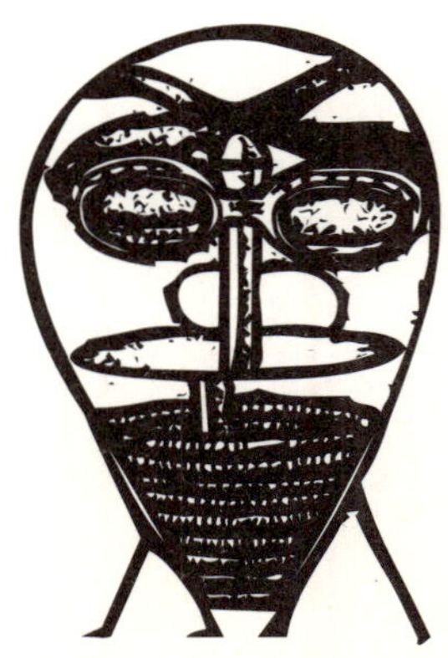

193

툭하면 욱하는 남친을 어찌해야 하지

　저희 커플은 사귄지 1년째 되는 커플인데 남자친구가 싸우기만 하면 정말 입에 못 담을 만한 심한 욕을 해요. 한번 맞은 적도 있구요. 툭하면 욱하는 성격에 헤어지자는 말은 당연하고 다음날은 잘하라는 말과 함께 다시 사귀게 되고 헤어지고 반복하고……. 남자친구는 자기의 잘못은 들으려 하지도 않고 무조건 저에게만 떠넘기는 듯한? 무슨 말만 하면 개긴다 변명한다 까불지마라 등등. 욱하는 성격과 자존심이 너무 센 제 남자친구와 어떻게 해야할까요.

난 마법사 볼드모태. 어둠을 먹는 지배자.

오. 그 머글, 내기니 밥으로 딱이다. 걜 콘후레이크에 진탕 말아서 보내줘. (당밀 타트를 우적우적 씹으며)

본격적인 얘기 전에, 우선 한 마디만 더.

그 남자가 어떤 놈이건, 그러니까, 진짜 욕먹을 놈이건 그게 아니건 상관없이, 그대 마음이 그 남자 정녕 못 떠난다면, 산신령이 온대도 이별케는 못 하지.

당신이 내게 물었다. '어떻게 해야 할까요.'

그러니까 나는 그 질문엔 대답할 자격 사실 없다고. 자.

이젠 본론으로 가겠어.

잘 들어봐, 예쁜 머글.

그 남자는 약간 유아적이야. 가슴 속에 불이 가득한 이유는 어떤 개인적인 불만이 채 해소되지 못했다는 방증. 그렇게 제 맘 몹시 불편한 경우 대개들 성숙해지지 못해. 계속 경계하고 신경 쓰고 예민하게 굴고 작은 일에도 화를 버럭버럭……

그렇게 한 곳에 에너지소모가 심하니, 침착하게 상황을 감지한다든가, 다른 사람 심정을 이해한다든가, 여자에게 감정이입을 해준다든가 그런 것이 꽤나 힘들게 되고 만 거지.

물론 누구나가 어느 정도 그런 면은 있어. 그래, 우리는 동지야. 허나 정도에 차이는 있는 법 아냐? 분명 그 놈, 많이 어리다고. 참, 참 많이.

과연 당신은 그를 구원할 수 있을까.

글쎄. 머글할매가 그러더군,

평강공주, 아무나 되는 거 아니라고.

욕하고 때리는 남친의 행동이 (그러지 않았으면 좋겠지만) 앞으로도 계속된다면 머지않아 당신은 너무나 지치게 될 텐데. 본인의 밝은 면, 본인의 자존감마저 훅 잃게 될 걸. 어쩌면 그를 닮아갈지도. 혹은 그에게 딱 맞는 퍼즐의 일부처럼, 오로지 그에게만 맞춰지는, 흐늘흐늘한 사람이 될지도.

디멘터 밥 되기 딱 좋지. 하.

그래서 개인적으로는 이 연애를 계속 하라 권하고 싶지 않아. 특히나 난 어둠의 볼드모태니까. 그렇지만 누구든 당신 사랑 막을 권리는 없으니. 모쪼록 스스로를 위하는 멋진 선택하기를 바라. 당신이 당신을 좀 아껴. 자 봐. 난 나를 참 잘 챙기잖아, 안 그래? 이 구멍난 망토는 외면해주고.

어쨌든,

행운을 빌며. (갑자기 내기니를 꼬옥 안아보는 볼드모태. 내기니 켁켁 대고)

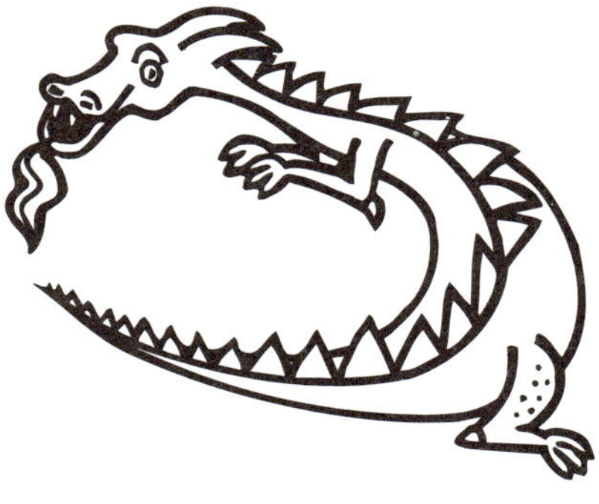

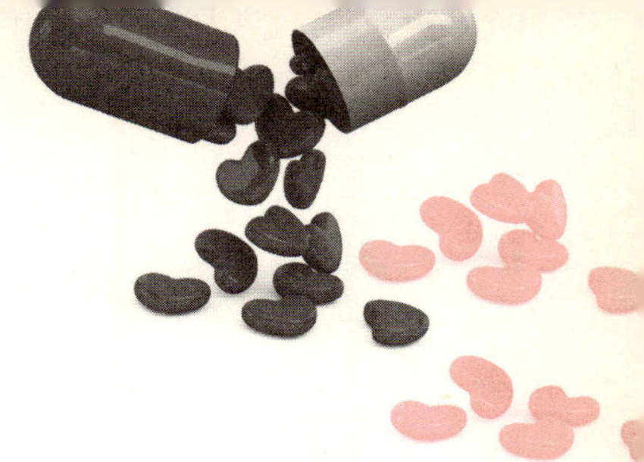

좋아하냐 물었더니,
이젠 또 모르겠대

그 녀석이랑 알게 된 건 아마 2년 전 쯤 일거예요. 우리들은 친해졌고 그 애가 힘들 땐 옆에 있어주려 노력을 많이 했죠. 근데 어느 날 이 애가 술을 먹고는 저한테 좋아한다고 하더라고요. 당황하는 바람에 술 취했음 그냥 자라고 딱 잘라 말했죠. 그 애가 술 먹어도 헛말할 성격이 아닌 걸 알면서도 그랬어요.

근데 그 며칠 뒤 여자 친구가 생겼다더군요. 들어보니 그 여자가 너 아님 다 때려치울 거야, 이런 식으로 말했나 봐요. 그래서 결국 반강제로 사귄 거라고 하더라고요. 그 후 그녀석이 그 여자 친구랑 행복해하는 모습 보며 가슴앓이를 꽤했습니다.

며칠 뒤 저는 남자친구랑 깨지고 나서 그 녀석과 잘 지내고 있었습니다. 하지만 무언가 다른 느낌이 들어서 불안한 마음으로 물었어요. 날 좋아하긴 하냐고……: 모르겠다더군요.

솔직히 남자친구와 헤어진 건 이 녀석이 여자 친구랑 깨졌기 때문이었습니다. 그러니 그 대답을 듣고 충격을 받았죠. 상처가 툭 하고 벌어져 고름이 줄줄 새어나왔습니다. 나한테 어떻게 이럴 수 있냐고 울면서 그랬습니다. 그 녀석도 미안했는지 울먹거리더군요. 그 후 안 되겠다 싶어 연락을 끊으려했는데 제가 안 되더라고요. 그래서 다시 연락하며 지냈습니다.

이 녀석에게는 제가 그저 계륵 같은 존재일까요? 이 녀석을 어떻게 해야 할까요? 너무 힘들어요. 아님 너무 가까워 못 느끼는 걸까요?

안녕, 난 할매이니라.

계륵이라는 표현은 과해. 허나 댁도 실은 알고 있는 것 같아. 남자 마음의 정체. 감이 안 잡히나? 그렇담 이 할미의 말을 더 들어보우.

원래 사람 감정이란 무 자르듯 뚝, 삼팔선 긋듯 훅, 벼랑처럼 섬뜩, 쇠창살처럼 "딱"이 안 되는 것.

모호한 경계, 어리둥절한 실루엣, 여러 감정이 혼합되고 혼합되어 어느덧 자신이 무슨 상태인지를 모르는 지경……. 몹시 흔해. 거의 인생의 대부분을 이런 식으로 살아갈 수도 있어. 그래, 그게 사람이라네.

그래서 난 그 사내,

애증의 그 연하남, 몹시 이해가 돼.

당신을 열렬히 사랑한 건 이미 오래 전 감정.

그 후에 여럿 여자 만나면서 당연히 퇴색된 그 감정. 그러나 깨끗하게 흔적도 없이 없어지느냐……. 고거 잘 안 되거든. 그래서 분명 뭔가가 있어. 그 자리에. 지우개 똥 같이. 어이쿠! 잔뜩도 쌓여있네. 얇고 약해 보이지만 왠지 조물조물 모아서 뭉치면 또 그럴듯한 행색의 지우개가 될 것만 같은……. (하며 손녀의 책가방에 필통을 챙겨주는 할매)

하지만 **진짜 당신이 원하는 만큼까지, 멀끔하고 잘생긴 그 때 그 시절 그 놈 감정, 그 짜릿했던 원형으로 되돌리긴 힘들어.**

비록 그 자가 지금 뭔가 자기도 모를 이끌림에 못 이겨서 그대에게 연락도 하고 찔러도 보며 의도치 않은 농락을 한다지만, 그거 사랑 아냐. 그저 과거 감정의 잔여물. 이미 변형되어 정체를 알 수 없는, 그냥 그런 경계 위의 감성. 참으로 몽롱한 관심이랄까……:

뭐 굳이 희망을 주자면.

어쩌면 그도 노력하고 있을 터. 예전의 그 불타던, 그 열띤 사랑의 포로로 돌아가려고 말이야. 왜냐하면 그 순간이 그리 고통스럽지는 않았던 모양이거든. 다른 여자와는 달리 그대만이 가진 특유의 느낌이 있었을지도.

원래 인간은 즐겁든 즐겁지 않았든, 집중력과 몰입도가 극강했던 순간을, 은근 잊지 못혀. 그래서 그는 지금 그 감정 자체를 그리워하고 있는 게 아닐꼬. 너에게 느꼈던 고 정열적인 마음. 되살리고 싶은 거지. 그래서 자꾸 널 도발해. 자신도 모르게.

하지만, 하지만 말이야. 단지 그가 노력하고 있다……그것뿐이라네, 벌써 노력 끝내고 성공해서 도로 널 사모하게 된 것은 아니라고. 앞으로도 가능성 적지. 상황이 많이 달라졌으니. 이미 그의 눈에 다른 여자도 들어왔을 터. 이래저래 신경 분산되고. 당신과의 세월은 이젠 먼 옛날.

그러니 처자, 잘 생각해봐. 판단은 그대 몫. 그 남자를 그래도 잡고 싶다면, 잡으려 해야겠지. 허나 성공 여부는 글쎄라는 거. 사람 마음, 원래 그렇게 쉽지가 않은 거니까. 내 손녀 장난감으로 말해보자믄, 뭐 완전, 난이도 최상의 레고. 아무도 손 못 델. 그러니 우선 알아두고, 그럼에도 당신 마음이 끓는다면, 뭐, 도전은 해봐. 그래야 미련이 없으니. 그래야 새 출발하고.

작전을 잘 짜보우. 슬금슬금 다시 직접 만나서 과거 사이를 아련하게 재현해보든가.

(마리야: 아니면 아예 다른 모습으로 어필해서 그에게 자극을 줘보는 것도 괜찮지. 휘우예에)

선택은 아가의 몫. 무튼 충분히 맘 고생했으니 토닥토닥 힘을 주고 싶구먼, 자. 김치전 부쳤으니 먹고 가.

제 남친, 우리 사귀는 거 다시 생각하자고 하네요. 자기의 무심함 땜에 저한테 상처 주는 것도 싫고, 자기가 싫어하는 행동하는 저로 인해서 상처받기 싫다고요.. 그러면서 자기를 이렇게 만든 게 저래요…… 처음에 사귈 땐 이러지 않았다고 하면서요……

제가 하는 행동에 믿음을 맨날 잃게 된데요:…그래서 물었죠.. 그럼 연애 초 말고 지금 내가 한 행동 중에 뭐가 있냐고. 내가 술을 마시냐고, 다른 남자랑 바람을 피우냐고, 없지 않냐고.

솔직히 알바 남친 허락 맡고 하는 애 나밖에 없다고. 너도 알지 않냐고. 도대체 뭐가 속상하냐고. 그랬더니 모르겠대요……연애 초에 있었던 일은……친구랑 밤늦게 상담한 거, 동아리 엠티 간 거, 거기서 벌칙수행한 거.

자기한테 토요일까지 생각해보는 시간을 주래요.

그래서 토요일에 연락이 없음 그만 만나제요… 알겠다고 했어요.. 더 이상 뭐라고 할 말도 없더라구요…

할매………나 진짜……이 놈이 너무 좋은데…………토요일에 연락 안 옴………… 어뜩하죠…………? 할매 나 정말 죽을 죄인 짓 한건가요??????? 왜 진짜 연락도 없는데 나 진짜 어찌해?

생각해보자해도 연락하던 남친인데… 우리 정말 어떻게 될까요? 토요일 연락 오면 나 구냥 고맙다고 하면서 지내야 돼? 만약에 헤어지자고하면 붙잡아야 돼 말아야 돼?ㅜㅜㅜ 나 진짜 우울해 할매 도와줘 헬프 미.

안녕 난 할매이니라

토닥토닥토닥토닥……. 맘고생이 많구나. 내가 담근 막걸리, 함께 자시고 싶어라.

우선 맘을 좀 도닥이시고,

내 말을 한번 들어봐.

아직 그 사람이 전화할지 안 할지는 모르는 일이지만 결론부터 말할게. 아무래도 버스가 떠난 거 같아.

누구의 잘못 때문은 아냐. 당신 잘못 없다고. 연애 초창기에 그대가 너무한 짓 한 것도 절대 아니야. 당신 말이 맞지. 다 맞아. 오히려 그 사내가 지금에 와서 옛날 얘기를 꺼내는 거 자체, 그 사내가 참으로 찌질하고 치졸하다는 방증.

그런데 그게 문제가 아니지.

진짜 중요한 거. 그 사내의 말을 그대로 믿지마.
말의 표면에 더 이상 신경 쓰지말고 말일세, 그 말을 하게 된 동기, 그 말에 담긴 진심을 다시 한번 생각해야 해. 왜냐.

그놈은 지금 속사포 같이 쏟아지는 그대의 구구절절 옳은 말씀들에 그저, 무조건 대항하고 이겨먹어보려고, 아무 단어나 문장으로 공격해대고 있는 거거든.

과거 때문에 걱정이다, 난 상처를 입었다, 싸울까봐 연락하기 싫다, 내 침묵은 정당하다…….

잘 봐. 자신의 행동을 포장하고 합리화할 구실을 마련하기에 급급해서 마구마구 조댕아리를 놀리고 있는 것.

그러니 그대가 꿰뚫어봐줘. 그 자가 대체 왜 그러는 건지. 본심이 뭔지…….

내 생각은 이렇다우,

그 사내, 지금 당신에게 마음 식은 걸세.

그 이유는 여럿일 수 있고. 자꾸 싸워서, 혹은 다른 데에 관심 쏠려서. 어쨌든 그 어떤 이유로든 그는 몹시도 피로해진 나머지 글쎄, 그게, 음, 그만…… 잃어버리고 만 것.

무엇을?

그댈 향한 연정.

그러므로 지금 당신이 아무리 열정적으로 그 남자를 설득하고 이해시키려 노력한대도,

즉,

1. 과거는 과거일 뿐더러 난 그 때 정말 어쩔 수가 없어서 그런 일들을 했던 거잖아.

2. 지금 내가 당신한테 잘못하고 있는 것도 없고 뭔가를 무리하게 요구하고 있는 것도 아니잖아.

3. 오히려 당신은 통화 문제를 포함해서 우리의 연애에 불성실하게 임하고 있잖아.

4. 그러면서도 지금 오히려 모든 문제의 책임을 내게 돌리고 있잖아.

이런 구구절절 옳고 옳은 그대의 생각들을 아무리 그에게 열렬히 얘기한대도, 그 남자는 앞으로도 절대 당신 말에 고개 끄덕여주지도 순응하지도 따라주지도 않을

걸세. 어쩔 수가 없어. 그게 지금의 현실. 안타깝지만 말이여. 이에 대해 당신이 지금 할 수 있는 일도 딱히 없어. 그의 돌아선 맘, 되돌리기엔 그 어떤 것도 역부족이니까.

그렇다고 이러한 결과에 대해서 스스로를 자책하진 말아. 다시 한 번 말하지만 이건 누가 잘못해서 이리 된 게 아니라 그 못난 사내 말처럼, 두 사람이 많이 다르기 때문.

물론 당신들, 달라서 서로 사랑하게 된 거겠지. 허나 알잖아, 그러한 개성과 차이가 이별의 씨앗이 되곤 해. 어쩔 수 없는 것이지. 허나 앞으로 미리 그 차이를 경계하고 피할 필요는 없어. 그럴 수도 없고. 겁먹지 말아.

어쨌든. 힘들겠지만 당신 이제 마음 정리하고 추슬러야 할 때. 물론 토요일에 연락이 올 수는 있는디, 기대하지마. 돌아온대도, 그 남자 안 바뀌거든. 앞으로도 계속 당신에게 지금처럼 똑같이 상처 줄 거야. 심지어 그러한 문제 줄이려는 노력조차 안 할 거야. 더 기고만장해질 수도 있어. 당신이 아직 자길 많이 사랑하는 거, 자알 알고 있으니. 권력이 남자에게 가는 거지.

그러니까 지금은
당신이 현명해질 때.
이별, 아프지만, 어느 정도 준비하고 있어.

원래 이래. 관계의 끝은 가끔 손 쓸 수 없게 닥치곤 해. 그래서 당하는 사람은 황망하기 마련. 허나 그걸 감당해야 연애할 자격이 생기는 법. 정말로. 원래 사랑은 애초에 감정놀음이기 때문에 원래 시시때때로 변할 수

밖에 없거니와, 그러한 아픔을 각오하고 받아들일 때에만 진정 사랑을 앞으로도 계속 할 수 있는 섹시함과 노련함을 득하게 되니.

어쨌든 그대 고통이 내 심장까지 전해져 나도 마음이 아리다. 토닥토닥.

그래, 이렇게 가슴 아픈 상황을 그저 받아들일 수밖에 없는 순간. 아프지만 힘을 내. 지금을 버텨. 울고 피 흘리며 그대는 성장하리라.

다음에 나만큼 노인이 되었을 때,

부디 지금의 아픔이 더 나은 사랑의 길로 나를 안내했구나, 하며 천천히 추억할 수 있기를 내가 늘 기원하겠네.

그럼, 힘내시라.

남았으니까 미련이다

지쳐요

8년 연애중이며 나이도 있는 편이라 결혼 고민중이었습니다
8년간 정말서로 못 볼 꼴 다보며 사귀었구요
그가 바람핀 적도 있어꼬 그로인해 믿음도 상실하고 오래만난정과 딱히 다른사람
만날 용기도 기회도 없음에 그러려니 하며 만나고 있었습니다

연락도 그나마 하루에 한두 번인 그에게 권태가보이고 섭섭함에 화가 나서 헤어지
자고 했으나 한시간 후에나 전화 한 통 뿐인 것에 자존심상하더군요

그는 서로 추한 꼴 많이 본 것과 성격차이, 오랜 만남에 결혼함 힘들 것 같다고 잘
모르겠다네요
저도그렇구요
서로생각해보고 연락하기로 했는데요

그는 날 배신한적도 있고 그럼에도 날 만나면서 미안함도 없고 나한테 권태롭게
대하는 그인데도 자꾸그가 생각나고 그립습니다

며칠고민 후 맘에 있는 사람이 연락하기로 했는데요. 어찌해야될지 모르겠습니다.
본인 맘 가는대로 하라지만 그게 힘듭니다 도와주세요

난 외계인. 토성에서 윈터베케이션을 즐기고 있다. 삐리빠뽕빠뽕. 내 루저 에네르기파가 지구생물에게도 전해지는지 모르겠군.

뚱뚱뚱. 쏘리. 정신 차리겠다.

지구인이여, 당신은 마음 기댈 곳을 찾지 못하고 있는 중.

불현듯 소속감이 있어야 자존감이 생긴다던 어떤 지구인의 말이 떠오르는군. 삐르빠빠. 그래서 그대는 커플이라는 관계에서 그 비스무리한 '썸띵 웜'을 핥아보려 애쓰고 있어.

당신도 사실 알잖아.

서로의 섹시함에 후들대고 있는 것도 아니고 그렇다고 편안함과 신뢰가 있는 것도 아니고, 딱 표현처럼 그저 '다른 사람 만날 용기도 기회도 없음에 그러려니 하며 만나는' 건데,

사랑?

오. 그게 러브? 레알? 로얄?

삐리빠뽕 빠리빠뽕. 텔레파시로 방출하는 나의 무언의 메시지를 받아라.

알아들었는가. 아. 전달이 안 되었군. 눈물이 난다, 퐁퐁퐁. 당신이 생각해보라.

그렇담, 결혼이라.

둘이 계속 같이 살아야 한다. 상상해보았는가. 성격 차이로 부딪치는 거, 믿음이 없는 거, 섭섭한 거. 그걸 다 감당할 만큼의 장점이 무엇인가? 당신 글을 통해 난 본다. 아이 씨 유. 그래.

'그리움을 해소할 수 있다네.'

무시는 못 하지. 그리움은 뼈가 시린 고통. 지구인을 좀먹으니까. 그러니. 읍, 그래. 난 그냥 입을 닫겠어.

이제 선택의 순간이 왔다. 무시무시하지만. 당신이 두 개의 길을, 깨끗한 시선으로 다시 보라.

권태를 감당할 것인가, 그리움을 참아낼 것인가.

당신이라는 지구인의 브레인 메커니즘 앤 살아온 세월 앤 트라우마 앤 쏘 언. 이것들이 버무려진, 당신이라는 생물체, 당신이라는 작품이 당신만의 방정식으로 선택해야 하는 것.

그래서,

그러므로,

역시……

난 또 입 닫고.

내가 감히 지껄일 권리의 에네르기 파워 메세지는 없어. 빠리빠빠. 아쉽지만 난 더 말해선 안 돼. 난 안 돼……. 참을래…….

210

읍, 그래도 한 마디 할래.

안 돼.

아니, 돼.

아니, 안 돼.

아니, 돼.

돼!

지구인이여!

……

힘내.
잘 될 거야.
어떤 선택이든 당신이 버린 것에 대한 미련만 잘 처리하면 된다.

어렵지? 그 누구도 대신 짊어질 수가 없는 고통이므로 유감이다, 허나,

(하. 골치 아픈 지구)

그걸 겪어내지 않고서는 당신은 지금 이 상황을 벗어날 수 없다.

오, 아니지. 벗어날 수 있지. 시간은 가니까.

멍한 채로 남자 생명체의 처분만 따르며. 그렇게 질질 끌려갈 텐가. 그건 우주생물로서의 수치. 알잖아?

삐리빠빠. 삐르빠빠. 빠리빠뽕.

잘 견뎌내길 간절히 소망한다. 헤라클래스자리의 에너지를 보낼 테니 받아봐.

그립다 생각하니 더욱 그리워

저는 왜 남친을 사귀면 상처를 주고 나서 왜 잡으러
갈까요. 용서받지도 못할 거면서 후회할 짓만 해요..
그리고……도와주는 격이 되요……예전 여친과 다시
사귄다는 통보도 받았구요……

안녕, 난 할매이니라

이봐, 토닥토닥토닥토닥.

이미 지나간 일 후회해서 뭐하나. 안타깝지만 기차는 떠나갔어. 그를 다시 잡을 수 없다면 맴으로 털어버리는 게 당신이 할 수 있는 최선의 일.

자, 내가 담근 동치미 한 사발 들이켜봐. 옳지. 시원하제. 눈물이 나면 울고. 그려, 그려그려.

그리고 더 이상 자책 마. 당신은 맘고생 충분히 한 것 같아. 그대가 그렇게 매번 상처를 주었던 것. 우짜겄어. 앞으로 더 이상 반복재생 안 하면 되는 거야. 응? 다른 건 몰라도 상처 주는 일만큼은 인간이 제 의지로 조심해볼 수 있는 거잖으.

의외로 사람이 제 맘대로 조절 가능한 거, 많지 않다네. 대부분은 휩쓸려. 무참하게 당하고도 회복이 안 되는 것들뿐.

(외계인 왈: 지구는 그래서 슬픈 곳인 것 같아. 삐에르빠빠. 참 그래.)

하지만 지금 그대는 그대가 한 행동도 알고 그대 행동이 그노마에게 호된 아픔 줬던 것도 알고 무엇보다 그것 때문에 그대가 남자를 놓쳤다는 것도 알고 있어. 그렇잖아.

그게 우선이여.

아는 것도 힘들거든. 많은 사람들이 지가 한 일에 대해 객관적으로 판단하는 것을 피하려고 하지.

그런데 당신은 이렇게 다 인지했잖아. 그리고 반성을 하잖어. 그러면 되는 겨. 희망이 보인당께.

당신은 다시 사랑할 수 있어. 누구보다도 예쁘게, 누구보다도 행복하게.

　그러니 후회는 이제 그만. 이제 더 이상 그 노마 돕지마. 자신을 추스려. 자책도 스탑, 미련도 스탑!

　삶을 환기시켜봐.
　좋아하는 것도 시간 내서 해보고 새삼스레 휴식도 가지면서 새로운 사랑을 만날 만반의 준비를 해보시게. 어렵겠지만 그대를 위해.
　그대 스스로 그대에게 힘을 넣어주라고.

　할 수 있다.
　얼쑤절쑤. 그럼. 그렇고 말고.

미련미련미련~ 때문인가봐

진짜 시간을 되돌릴 수만 있다면 그러그 싶네요. 전 남친이랑 사귈 때는 나한테 잘해줘도 그게 별로 좋지 않았어요. 그래서 차갑게 대했죠. 결국은 그 남자가 못 참구 헤어지잔 말을 꺼냈는데 헤어지고 나니 생각이 마니 나더라고요.

아……. 내가 앨 좋아한다 생각해서 친구한테 얘길 했어요. 그치만 녀석에게는 곧 여친이 생기더라고요.

그 여친은 저랑 같은 게 좀 있더라고요.

여친이 있지만 친구로라도 지내자라는 생각에 연락해서 과거 얘기를 했어요. 절 많이 좋아했대요. 그렇지만 이젠 다 지나간 일이니까 지금은 여친이 너무 좋다고 너도 좋은 남자 잘난 남자 만나라고 하더라고요.

정말 시간을 돌릴 수만 있다면 얼마나 좋을까요? 이대로 포기해야겠죠?

안녕, 난 할매이니라.

아무리 그대와 현 여친에게 비슷한 구석이 있어보여도 다른 세월, 다른 환경에서 살아온 그녀, 고로 다른 매력이 넘칠 터. 안 그런가.

그 남정네는 이제 지금 그 여자의 새로운 매력 하나하나 알아가는 입구에 서있어. 정신이 팔려있겠지. 봐. 그래서 댁한테도 분명히 말하고 있잖은가.

'지나간 일이니까'
'지나간 일이니까'
'지나간 일이니까'

어쩔 수가 없구나. 

당신도 잘 생각해봐.

그 당시에는 왜 그 남자가 별로였을까?

분명 그럴 만한 구석이 있었을 거라 짐작되는디. 그렇지 않아?

요즘 급 그대 맘속에서 솟아오르는 그리움 말이여, 그거 어쩌면 사랑이라기보다는 단순한 외로움, 폭발하는 밤 감성, 따뜻한 대접 받던 그 시절로 돌아가고픈 허영심, 아니면 세일 상품 놓친 자들의 엄청나고 괜스러운 아쉬움이 아닐는지. 그냥 그런 것일 수도 있으니 잘 한번 생각해보라는 거여.

그리고 천천히 그대 마음 정리해보시게. 다음 사랑 만날 땐 절대 놓치지 않으리라 다짐하면서.

그게 건강히 그대 자신감 회복하는 길 같어.

길게 보시게. 분명 지금의 아픔, 약이 되고 득이 될 거

216

여. 그대를 숙성시키고 발효시키고 보다 더 멋지고 매력 넘치게 맹글 거라고. 알겠지?

부디 힘을 내길 바라며…….

아, 처자,

앞마당에서 나랑 자치기나 해볼렁가? 재미져.

끝내야 하는데·········

　저랑 썸씽났지만 그 앤 점점 감정이 사라지는 상황인데요. 그렇담 그 아이와 그냥 끝낼까요? 후회야 하겠지만 또 그렇다할 용기도 없어서요. 알고 있듯 이 애가 저에게 느낀 게 사랑이 아닌 미련이란 걸 알아요. 전 사랑하고 고백하고 싶은데 그동안 그 애가 주변 여자에 흔들리는 것 때문에 확신이 안서요. 마음을 이미 그 애에게 들어 버린 상태이고요. 연락을 끊으려 해요. 어떤 말로 연락을 끊자는 얘길 꺼내야 이 아이도 안 아프고 제가 안 아플 수 있을까요?

　고백하고 싶지만 이미 떠난 버스겠죠? 그 애가 없으면 어떻게 될까 두렵습니다. 이 순간에도 마음이 찡해지네요. 행여 그 아이가 미련 때문에 날 잡는다 해도 난 또 그 아이를 이성으로 보게 되겠죠.

　(생략)

　처음엔 보내야지라는 생각으로 글을 썼는데 쓰다 보니 못 보내겠단 글이 자꾸만 써지네요. 너무 답답해요. 이러다가 속 타서 죽을 것 같아요. 어떻게 해야만 둘 다 웃을 수 있을까요?

안녕, 난 외계인. 토성에서 온 유학생물.

연락 끊으며 둘 다 웃을 수 있는 방법. 인간의 뇌를 뒤져보자. 뒤적뒤적뒤적뒤적……음.

그런 키워드는 찾을 수 없댄다. **애초에 이별이란 상자엔 그런 보물이 들어있지 않거든. 웃는 척 하는 것이다.** 엔돌핀 하나 안 솟아오르는 미소. 속으론 여전히 더럽고 슬프고 자존심 상하고 그립고 아쉽고 그러다 눈물 넘치고……그것이 지구인의 이별.

본인의 상자에 없는 것을 계속 그 상자 뒤진다고 나오나……. 그렇지? 알지? 그렇다면 말이야, 어찌해야 할까?

어찌하긴

어찌하긴

어찌하긴

다른 상자를 찾아봐라. 삐룩삐룩삐리뚱뚱. (결국 지구인에게 똥세례 맞는 외계인) 악. 그러니까, 그대가 바라는 웃음, 다른 데에서 공수해오라고. 어디서? 남자생물들에게서.

농이 아니다. 내 관찰일지에 의하면. 정말로 인간 마음이 진정으로 깨끗하게 정리되는 때? 다른 사랑에 빠져버리게 되는 순간뿐!!!

　　물론 선택은 그대 몫이지만, 지금 그 남자 마음, 별 희망 없다는 거, 당신이라는 지구생물이 잘 알고 있다면, 오, 이젠 정말 당신이 마음 정리해야 할 때임.

　　너무 스스로를 괴롭히고 있다. 똥땅땅똥. 명왕성의 활화산처럼 불 뿜는 고통. 이제 소모전은 그만. 스스로를 살려야지.

　　그리고. 아냐,

　　쇼크 받았다.

　　온 우주가 깜짝 놀라고 말았어. 이 와중에 '앞으로 연락 끊겠다고 말하면 얘가 너무 놀라지 않을까. 어떡하지?'까지 고민해주다니. 뭐 이런 멀티인간이 다 있어. 진화의 정점을 찍은 나마저도 그 능력은 없는 걸…….

　　그대가 어떻게 할 수 있는 게 아니야. 그 슬픔, 그 당혹감, 그것만은 그 남자 몫이야. 그러니 그냥 감당하게 내버려둬.

　　만약 당신이 연락 끊는 게 정 힘들고, 오래도록 앓아누울 것 같다면……음……. 삐릭삐릭 (생각 중) 아예, 확, 분명하게 고백해 버리지 그래? (또 다시 똥세례를 맞는 외계인. 허나 아랑곳하지 않고)

　　빵상! 지르고 남자 대답 듣고 훅 털어. 어때? 인간들이 좋아하는 번지점프에 도전하는 거야. 한번쯤 몸 던지는 것도 좋지 않겠나?

　　그래, 싫음 말아. 아쉽군.

　　분명 당신에게 딱 약이 될 텐데. 약은 약국에만 있는 게 아닌데……지구인이여!

남친의 고향은 해저 이만 리

　작년 가을 만났던 남자친구가 있어요. 한 3개월 만났지요. 그러다 크리스마스이브 날이었어요. 그날 저녁 만나기로 했는데 급하게 일을 하러 오라고 해서 더 늦어지겠다고 하더라구요. 알겠다고 하고 친구들이랑 놀고 집으로 갔는데 그 뒤로부터 계속 연락이 없어요. 몇 번 문자도 전화도 했지만 답이 없네요. 직장 통해서 만난 거라 몇 번 마주쳤는데도 눈은 피하고 그렇게 지치고 지쳐 지금까지 왔네요.

　사귀면서 한 번 싸웠는데 그때도 이틀 잠수 타더니 다시 연락이 왔었거든요. 휴……. 주변 사람들은 원래 성격이 그런 거 같다고……. 근데 저는 이유도 모른 채 참 답답하네요. 지금도 보고 싶고 연락하고 싶지만 참고 있는 중이랍니다.

　전 어떻게 해야 할까요?

난 마법사 볼드모태. 어둠을 먹는 지배자. (애완쥐 스캐버스를 희롱하며) 변해라, 미키마우스로. 얍! 얍! 합! 합! (찍찍거리며 도망가는 뒷태를 보며) 하, 치매냐, 왜 이렇게 주문이 안 떠올라.

컹……무튼.

그 남자 머글은 비겁하다. 당신에게 말도 안 하고 쥐새끼마냥 피해다녔군 그래. 걔도 스캐버스 친척? 못난 놈이다. 연약하다. 어쩔 수가 없다. 우선 받아들여야할 것. 고통스럽겠지만, 인지해야 할 것. 그래, 그것은. 그는 명백히, 확실히 그대에게 마음 떠났어. 좋아하는 사람에게라면, 절대 저렇게 할 수가 없지. 알지?

허나 넌 정신없을걸. 머리로 아는 것과 심신이 받아들이는 건 원래 달라서. (갑자기 쥐 사료를 우적우적 먹는데)

당신이 이렇게 오랜 시간 동안 괴로워하게 된 건, 단순히 그를 잃게 된 상실감 때문만이 아니지. 그가 분명하게 당신에게 이별요청을 하지 않았기 때문에, 머글의 머리는 이것저것 핑핑핑 무한대로 상상해볼 수밖에.

'어쩌면· ……이럴 수도 있잖아. 그래그래, 저런 사정이 있을 수 있잖아.'
이건 단순히 노력만 한다고 해서 지워질 수 있는 상념이 아니지. 뭔지 모를 찝찝함. 증폭되는 미련. 그래. 빌어먹을. (때마침 내기니가 밥 달라고 빌고 있다) 꺼져, 지렁이. 오늘부터 넌 다이어트다.

이제 당신이 해야 할 일.

제일 좋은 건, 그 놈을 지금에라도 다시 만나서 뺨 싸대기 파워 있게 때려주는 거, 근데 이미 시간이 많이 지났을 뿐더러 당신은 그 앞에서 괜히 무지막지한 민망함을

222

느낄 테니 (췟) 그 자식을 새삼 불러내는 건 패쓰.

그렇담, 내가 해줄 수 있는 조언은, 작지만 이거야. 앞으로 다른 남자를 만나다가 이와 비슷한 패턴이 일어난다면, 예쁜 머글. 어떻게든 그 상대에게 대화를 요청하여, 두 눈 보며 분명한 얘기 들어. 이젠 알지? 그래야 당신이 정리하기 쉽고, 당신이 회복하기 쉽고, 당신이 새로운 사랑을 찾아 떠나기 쉽고.

마음이 아프겠지만. 그런 놈에게 당신이 분명한 대답을 요구하는 과정에서, 더 강해진 장악력과 튼튼한 자아를 획득하게 될 거거든. 내가 장담해.

하.
그냥 이렇게 뭐 마냥 사그라들고 흐지부지해지는 인연, 그건 사람을 더 지치게, 더 작아지게 만들잖아! (버럭. 다이애건 앨리에서 산 투명망토로 자신의 몸을 덮으며) 그러면 안 돼. 그렇게 부서지고 소멸하기엔 누구든 무지막지 아깝다!! 아깝다!!! (지팡이에서 레이져가 나온다) 악. 깜짝야.

그럼,
이제 지금에 대한 이야기.
눈물을 털어. 힘들더라도, 주위를 둘러보자. 억지로 시야를 급 넓히는 일이, 지금으로선 많이 힘든 거 아는데, (투명망토를 쓰고 은밀하게 스캐버스에게 다가가 잽싸게 낚아챈다. 찍찍찍찍!!!! 발버둥치는 그에게 스포이드로 소화제를 먹이며)
그래도 약이야. 쓰고 독한 약.

시간이 많이 지난 건 부정할 수 없지? 그러니 파워업해서 무자비하게 당신 몸을 일으켜. 그댈 위해서야. 잘난 남자를 찾아. 당신은 탐험가. 나처럼 모험을 떠나.
　파이야. 같이 갈래?
　……알겠어. 머글 따위. 그냥 저 쥐새끼나 데리고 돌아다녀야지. 안 그러니, 스캐……아, 이 자식 또 어디 갔어. 일껏 체한 거 고쳐줬구만……새끼. 외로우면 폭식한다더니. (그런 것이다, 배가 고픈 게 아니라 애정이 고픈 거지. 시발)

　어쨌거나 매력 있는 머글이여, 그대 매력 펼쳐.
　제발 화려하게 과시하란 말이야악! 나처럼! (하며 다시 투명망토를 뒤집어쓴다) 아씨, 창피히! 해리포탈, 용서하지 않겠뙈악!!!

10년 동안 한 사람만 좋아해왔어

지금 제 나이는 25살이예요. 10년 동안 한 사람을 좋아했어요. 물론 저는 연애 한 번 못 해봤고요. 잊어보려 했지만 정말 쉽지 않더라고요. 계속 가끔 만났어요. 만날 때마다 너무 좋았어요. 근데요. 제가 술을 많이 마시면 데리러 오기두 하고 바람 쐬러 가구 싶다면 가주고 손도 잡아주고 여자인 저는 당연히 착각할 수 밖에 없잖나요. 전 답답했어요. 왜 사귀자는 그런 말은 안하나. 난 뭔가? 제가 많이 속상해하니까 직장동료는, 걔는 널 동생으로밖에 생각 안 하는 거 같다구. 남자한테 절대 안착한 나인데 그 오빠 앞에서만 작아지고 다 굽히는 건지. 그런 생각이 들더라구요. 그래서 한동안 서로연락이 뜸했죠. 그러다가 제가 술을 많이 마시고 전화를 해서 막 울면서 말했죠. 그동안 속에 담아둔 말을.

그랬더니 오빠가 시간을 달라구 하더라구요. 저는 그래서 참아봤죠. 아무래도 6년 만난 그 언니를 바로 잊지는 못하겠지, 하구.

(생략)

그 오빤 친구들과 술자리에 저를 부른거예요. 미안하다고, 너랑 만날라구 했는데 술자리가 길어졌다고, 전 좀 있다 나와서 집에 갔어요. 제 차 있는데 데려다주면서 다시 만나 이러더라구요. 알았다고 집에 왔죠. 어이가 없었어요. 그러더니 두시간 뒤 전화가 오는 거예요__잔뜩 취한 목소리로 자기 집 왔다고. 전 걱정이 되서 문자를 보냈죠. 속은 좀 괜찮냐구. 그러더니 퇴근할 때쯤 일어났다며 수고하라구. 그리구 그 후 연락이 없는 그 사람. 저 어떻게 했음 좋겟어요!?

안녕, 젊은이 난 할매이니라. 맘고생이 많구나. 에이구. (가마솥에서 숭늉을 퍼주며)

오랜 시간 누군가를 좋아했던 적이 있는 나여서인지 처자의 짝사랑과 그 아픔이 참으로 공감되었어. 허나 동시에, 많이, 아쉽고, 안타까웠다네.

원래 사랑은 환상을 동반하지.

그래서 콩깍지라는 말이 있고.

그런데 **짝사랑의 경우 종종, 단순 콩깍지를 넘어서 무슨 어마어마한 만화경 수준의 고래 비늘 같은 걸 대동할 때가 많아져.** 그야말로 어마어마한 상상, 거대거대한 환상. 무지막지하게 상대를 왜곡해버리는 요상한 렌즈. 그래서 사람을 환장하게 만들지. 어떻게?

그 사람이 너무 너무 너무 비현실적일 정도로 멋있는 작자이고, 그 사람은 지구 통틀어서 유일한 남자일 것 같고. 워따, 그런 괴로운 오해 만들기.

머리가 허벌나게 똑순이라 해도 그건 별개으 문제. 왜냐하면 감정은 원래 사람을 뒤흔들고 덮치는 거니께.

이봐, 꽃처럼 예쁜 처자,

그 남자는 어쩌면 너에게 가끔, 최근엔 자주, 흔들리고 있을지도 몰라. 하지만 그 흔들림은, 처자가 원하는 맹키까지 그의 맴에 불 지피는 정도는, 분명, 아닌 것 같아.

만난 지 얼마 안 된 사이인 경우라면 내가 막 응원해. 들이대라고 막 등 떠밀고. 잠깐의, 찰나의 시간이라 하더라도 기쁨 얻을 수 있다면 뭐 어떠냐. 잠깐이면 워떠냐고.

정말 늘 이렇게 우기는 편이랑께.

허나 당신의 경우엔, 진짜 다른 말을 해줘야 할 듯 싶어.

226

이보우, 처자는 너무 오랜 시간 힘들었수. 그리고 쭉 봐왔잖는가. 그 남자. 앞으로도 힘들지 않을까?

설사 두 사람이 잘 되어서 연애하게 된대도, 그 기쁨, 지나칠 정도로 금방 깨질 것 같구먼. 그러니……

아가. 한 발짝만 밖으로 나와 보시게. 주위를 둘러보는 게 좋아.

의외로 괜찮은 남자 많아. 그리고 처자 맘에 쏙 들 남자도, 처자를 공주처럼 뫼셔 줄 남자도, 정말로 있을 거라니까. 어서 그들의 싱그러운 매력을 보아줘보우.

자네는 다시 활짝 웃게 될 거라네.

물론 강요는 못 허지. 그대의 선택은 자유.

하지만 이보우, 댁의 청춘은 정말 곱수다. 내가 하려는 말 알겠는가?

응?

행복해지길 바라네. 이 숭늉 쭉 들이키고 가.

아주 구수해.

좋은 사람이 또 나타날까

내 나이 어느덧 27. 23부터 만났던 남친하고~ 요근래 빠그라지고~심한 허탈감으로 몸둘 바를 모르며 지내고 있네요~

곧 조은 사람이 나타날까여? 언제 올까여?——실버미스로 늙는 건 아닐까요? 어디가서 만나야 하나여? 아놔~

째즈풍 발라드로 부탁해여~휴 이렇게 끝날꺼면~ 더 빨리 헤어지지 나뿐놈~ 엉엉 쿵쿵 천년만년 사랑할 것처럼~하더니만~이제 와서 왜 날 감당을 못하니~이런 게 사랑인가효? 읭?

안녕, 난 노래여신 마리아. 날 콕 찝어 부
르다니 네 취향 매력 있어.

좋아. 이제 들어봐. 내가 만든 째즈풍 발
라드. 역시나 약간의 요들과 레게를 섞었
지. 쓰뚜루룹 휘우예에.

♫♪1악장♫♪ 발가벗은 진실
(그 놈이 떠났어요. 이런 게 사랑인가)
그런 게 사랑이야. 그런 게 사랑이야.
(구남친 개자식 휘예 뚜비뚜바)
어쩔 수 없어없어! 그런 게 사랑이야!
휘어어후쓰후쓰후쓰후!
누군가 드립치지. 사랑은 영원해
(쳇)
변치 않게 강렬해
(흥)
영원히 사랑하,겠,어……
……그딴 거……
…
……
………

…………

…………

다, 개소리야아아아아아아아아아아아아으
아왛아아아하아아악!!! (엄청난 성량에 술잔이 깨진다)

♫ 2악장 ♫ 차가운 각성

냉정히 말하자. 사랑은 원래 다 끝이 있는 짓거리!

오 당연해! 정말야! 당연해!

왜냐하면 연애, 애초에 본질 자체가 '갈대'잖아.

♫ 3악장 ♫ 인생 샹샹바

'갈대'니까 훠우예에. '갈대'니까 훠우예에.

만약에 감정이란 놈을 냉장고에 넣어둘 수 있다면

(와우와아)

오래도록 오래도록 똑같이 보존되겠지. 하지만

(갑자기 조명 꺼지고 한줌의 스포트라이트가 비춘다)

아……알잖아.

(세레나데 풍으로) 그런 제품 없어 없어엉흥웅흥엉엉. 있음 바로 지를 텐데 헤이에
헤헤이헤헝. 오 나는 여유 있는 여자아으아아아으아아.

(뻥이야. 개털이야. 통장 잔고 빵원이야)

사랑의 유통기한을 결혼으로 늘리려는 청춘남녀 아직도 많고도 많던데

그런 제도 하에 붙어 있는다 해서 사랑이 유지될까.

그저 숙제의 시작일 뿐. 숙제는 사랑 아닌 걸.

어쩔 수 없어, 휘어우혜. 헤어질 일 있었으면 헤어질 수밖에.

♫ **4악장** ♫ 뻔해서 뻔데기 같은 뻔뻔한 노래

그러니 마음 털어. 어쩔 수 없다고,

아아아으아아으 아아아아아하아하아아아아아악!!!!!!!!!!!!!!!!!!!!!!!!!

(한을 담은 폭발적 샤우팅)

구남친 따위! 당신은 매력녀! 그대의 치명성을 널리널리 흩뿌려야지.

널리널리 멀리멀리. 우리 강산 푸르게 푸르게!!!

♫ **5악장** ♫ 흩어진 내 존심 주워 모으기

이별을 겪은 만큼 당신은 더 성숙해졌을걸. 그리고 또 노련해졌을걸. 어머어머 섹시 돋아. 섹시한 게 장땡이야. 그대는 찬란한걸. 이제는 그 누구와도 더 열정적인 사랑할 수 있어!

있다구!

그대 나이? 하!!! 너무 창창해. 정말로 심하게 창창해서 말이야, 할매가 널 본다면 화낼 거야.

(할매: 갑자기 왜 귀때기가 간지러운겨)

참고로 그 할매는 구십인데도 여전히 연애쟁이. 약간 미친 매력이 있달까.

(호)

자기가 세상에서 제일 예쁜 줄 아는

(헉)

근자감이 있달까.

(근거 없어)

쓰뚜루룹 노망 예에. 언빌언빌 언빌리버블.

그러니 남들이 꺾였느니 뭐니 나이드립 치면서

(하우올다유)

그대 희망을 부수거나

(쨍그랑)

그대 미래에 대해 겁을 줘도.

(울랄라)

그냥 뭐, 무시해도 되는 것 같아. 훠우예에. 들을 가치가 없다고요.

(훠우예에)

왜? 왜? (무대에서 뛰어내리며) 그대 염통 팔딱이는데! 그대는 더 매력 쩌는데에에! (119가 달려와 그녀를 무대에 도로 올리자) 알겠어! 노래하겠어! 다리 부러졌는데! 매정해! 그래, 알겠어!

♫ **6악장** ♫ 폭발하는 조증

고로 대차게 떠나는 거야. 저 남정네들의 숲으로. 언니 미모 과시해봐. 언니 센스 과시해봐. 언니의 개그 과시해봐. 그냥 그냥 그대 자체를 과시해봐.

이것들아 내가 왔다아이야하이햐아!!!

(재즈의 백미인 돼지발성. 때맞춰 웅장한 오케스트라 난입. 5초의 인터미션 후, 반짝이 드레스로 재등장한 마리아)

아아아. 조만간 반드시 눈부신 사랑으 파도 또 다시 밀려와서, 오, 정신 못 차릴걸.

(아, 뭐야, 이딴 황홀한 순간)

그렇게 다시 당신은, 당신은 또 쾌락을 느껴보는 거야.

(컴 투 더 쾌락동산)

믿어요. 내 말 믿으래두? 쓰뚜루룹 훠우예.

♫ **7악장** ♫ 미친 다짐

호우! 여러분!

(객석에서 야유가 들린다)

약간 내가 미친 거처럼 보일 수 있지만

(객석에서 토마토가 날아온다)

아니야! 악! 난 정상.

(관객들이 바위를 던진다)

오오, 아니, 아니, 난 미친!

(토스하는 마리아)

이것들아! 미쳐야 미치지!

(헉 쟤 뭐야)

번쩍번쩍 청춘!

(충격 받은 객석)

파릇파릇 의뢰인!

(웅성이는 객석)

그러니까 대차게!

(눈물 흘리는 청중)

화이팅 또 파이팅!

(감동의 도가니탕)

화이야 또 화이야!

(오열하는 카메라맨)

요르레이오르훠어어우쓰뚜루봐!

(머리에 꽃을 달고 피날레를 장식하는 마리아. 악기에서 손을 놓고 황망해진 오케스트라. 울부짖는 관객들. 난장판 속에, 서서히 페이드아웃)

사랑은 자신감이 반~ 힘을 내요, 용사여

　제가 막 소심하구 낯가리고 무뚝하고 말 먼저 못 걸고 그래요ㅠㅠㅠ 외모콤플렉스 깨있어서 자신감도 바닥…… 전에는 그냥 그냥 살았는데 좋아하는 사람이 생기니까 이게 심각한 문제더라구요. 이름도 모르는 그 사람한테 제가 먼저 접근해야 될 거 같은데…… 용기가 안 나요. 방법도 모르겠구요ㅠㅠㅠ. 그냥 자신감을 찾으세요!!! 이러치 마시구 자신감 찾는 연습법을 가르켜주세요. 구체적으로ㅠㅠㅠ. 참고로 전 여고생이에요.

 안녕 난 할매이니라

우선 따끔한 소리부터.

용기가 없지만 용기내서 대시하는 법을?

그것을 대뜸 다짜고짜 구체적으로 가르쳐달라니. 그것은 마치 "냉장고에 김치가 없어도 김치 꺼내서 전 부치는 방법을 가르쳐 주세요. 밖에서 사 먹으라는 소리 말고요."와 같은 얼토당토않은 부탁이라네.

아가! 지금부터 내 말 잘 들으시게.

자신감 찾는 연습법?

자신감은 패스트푸드가 아니야. 오랜 숙성 끝에 완성되는 비싸고 귀한 음식 같은 거라고. 서점에 가면 이래저래 시크릿이니, 무슨무슨 성공법이니 어쩌구 하면서 사람들을 홀리던데 혹시 그런 것들을 좋아하느냐? 그러나 말이우, 그것들 말이우. 다 임시방편이요, 언 발에 오줌 누기요, 장기적으로는 효과 무무무인 허망한 종이쪼가리니라.

찰나의 효과만 번쩍할 뿐, 훗날 되려 너에게 더 큰 실망감과 좌절만 안겨준당께. 진정 자신감을 찾고 싶다면, 아가, 당장 앞으로, 아무리 짧아도, 1, 2년의 시간을 그대에게 허락해보시게. 그럴 각오 안 되어있다면 당장 그대에겐 아무런 조언도 필요 없어. 그려, 그려, 기분은 풀고. 어깨 좀 펴고. 옳지. 더 들어봐.

어, 외계인, 자네 왔는가? 언제 왔당가?

 의뢰인, 응답하라,

워밍업 차원에서. 학교를 나와, 고딩생물. 홍대 앞 던킨도너츠 2층에 가서 유리창 앞에 앉아 있어보라. 그리고 하루 종일 지나다니는 사람들을 관찰하라. 그야말로 가지각색 개성 넘치는 자들. 여드름 브레이크 어깨와 등도, 알 있는 종아리도, 통통한 팔뚝도 당당히 시원스레 드러내며 돌아다니는 수많은 지구생물.

할매 시상에, 이젠 외계총각이 거기도 돌아다닌다냐. 워어매.
무튼. 어때. 티비에 나오는 애들처럼 매끈허고 얇아야만 매력 쩔던가? 너무너무 인간적인데도 다 자기만의 새초롬한 매력들이 새어나오지 않더냔 말이여.
마리아, 자네도 같이 왔구먼. 어서와, 어서와.

마리아 모두 다 매력 있지? 나처럼?
(아 뭐야!)

알록달록 눈부시게 염색한 머리, 엄청나게 큰 액세서리, 그야말로 제멋에 취해 남들이 뭐라 하든 웃으면서 돌아다니는, 수많은 젊은 싸룸들! 훠우예에. 그러고도 서로 잘 반하지. 서로 잘 만나지. 연애가 난무하지! 예쁘지 않아도!
그걸 가능케 하는 것은 모델같은 외모가 아니죠. 데코레이션 센스나, 연출력, 안목 혹은 그들의 엄청난 빤빤함의 눈부신 활약 때문이야악.
(훠우예에)

자, 하루를 통으로 비워서 그들을 구경하는 데에 써봐 써봐. 티비에 물들어버린 당신 눈을 정화해야 할 시간! 훠예!

할매 마리아가 노래 한 자락 들려 줬으니, 이젠 나가 한 곡조 뽑아 봄세.
뭔진 모르겠지만 할튼 애네 말대로 천천히 발걸음 옮겨보는거.
(신명신명 신신명)
그대가 평소에 생각해보지도 못한 범주의, 그야말로 당신과 너무도 달라 보이는,
허나 세상에 지천으로 깔리고 깔린, 그저 그동안은 당신을 스쳐갔던, 그런 자들과
조우할 기회, 마련하고 또 마련하면서! 그러다보면 용기가 샘솟고
(얼쑤절쑤 신신명)
자신을 있는 그대로 인정할 수 있는 기회 또한 만나게 되지.
(훠우예에 신신명)
부디 머리로 깨닫지 말고 그대가 오감으로, 감정으로 진저리치게 느껴보시라고.
(지화자)
오래도록, 정기적으로, 꾸준히 말일세.
하악하악……. 아우, 이놈의 폐…….
하아. 이제 되었어.
여유를 가지고 걸음마 시작해보게. 이 예쁘고 귀여운 처자. 시간이 좀 걸려도.

볼드모태 머글 할매야, 그만 떠들고 밥 내놔. 오늘 나 무지 우울하다고! 배를 채워야
해. 빨리 밥 차려. 머글 술도 내놔! 안 그러면 내기니 먹이로 줘버릴 테다.

할매 기다려, 어둠 총각. 다 끝났어.
처자에게 두어 근은 됨직한 소고기 같은 알타리 복이 덩굴덩굴 굴러들어오
길 바라믄서. 파이팅.
그럼 난 이노무 손들 멕일 고기 녹이러 가네. 안녀엉~

삐르
빠-빠!!!
Viel Glueck!!!
행복하시게들
퐈이아!!!!!!!

239

상담용어해설

고갱님 〈타히티의 여인들〉을 그린 프랑스 후기 인상파 화가 폴 고갱을 떠올렸다면 헛다리 짚은 것. 고객센터에 전화를 걸어 본 적이 있는가? 그들은 말한다. "고갱님, 무엇을 도와드릴까요?" 이들은 절대 당신을 고객님이라고 부르지 않는다. 부드럽고 나긋나긋하게 억지 사랑을 담아 '고갱'이라고 부른다. 모태솔로 남성들은 여자 목소리가 그리워 일부러 상담거리를 만들어 내기도 한다.

응용〉 호갱님(호구+고갱님) – 본인에게 전혀 안 어울리는 옷인데 판매원이 "어머, 고갱님한테 딱이에요. 진짜 잘 어울리시네요."라고 말한다고 너끔 비싼 옷을 질러 버리는 당신, 남들은 24개월 약정에 위약금 10만 원 정도로 사는 핸드폰을 36개월 약정으로 위약금 80만 원 조건으로 사는 당신을 지칭하는 말. 당신이 가게를 떠나면 판매자들은 호구 잡았다며 회식할 장소를 물색하기 시작한다.

귀차니스트 "귀찮아~"를 입에 달고 다니는 사람들을 일컫는 말. 휴일에 밥 차리기 귀찮아서 종일 굶은 적이 있다면 당신도 귀차니스트. 맘 있는 이성이 같이 영화 보자고 하는데도 머리 감기 싫어서 외출을 포기한다면 당신은 구제불능 귀차니스트. 이런 당신에게는 마리아의 비명 섞인 아리아가 필요하다. "그렇게 살지 마아아아아아아아!"

까임 "나 남친한테 까였어." – 차였다는 뜻. 연애 쫑.
"나 부장한테 까였어." – 엄청 욕먹고 혼났다는 뜻.
애인한테든, 회사에서든 까이지 말자.
비슷한 말〉 빠그러지다 "연애가 빠그러졌다."처럼 쓰인다.

꽁냥질 '알콩달콩 연애질'과 같은 말. 밀 때와 당길 때를 알아야 꽁냥질의 고수가 될 수 있다. 꽁냥질의 비법이 궁금하다고? 경험, 또 경험밖에 답이 없다. 만나고 사랑하고 아파하라! 꽁냥질의 달인이 될지니.

남친, 여친 남자친구, 여자친구의 준말. 그냥 친구 아니다. 애!인! 싸랑하는 사람!

자니 '자니 윤'을 생각했다면 당신은 구세대. 말 그대로 잠이 들었냐고 묻는 것이다. 새벽녘, 헤어진 연인의 전화나 문자를 받아 본 적이 있는가? 뭐라고 하던가? 다짜고짜 네가 그립다고 매달리거나 다시 만나자고 칭얼댈 수는 없으니 시작은 대개 "자니?" 아니던가? 헤어진 애인의 미련을 뜻하는 고유명사가 되어 버린 "자니?" 기억해 두자.

도끼질 열 번 찍어 안 넘어가는 나무 없다는 말에서 유래했다. 찍고, 찍고 또 찍어 상대를 내 것으로 만들기 위한 일련의 노력을 일컬음.

돋는다 어디에서 유래된 말인지 의견이 분분하나 '소름이 돋는다'에서 유래된 말인 것 같다. '애정 돋는 커플', '살기 돋는 마감일'처럼 쓰인다. 독자 여러분, 올 한 해, 행복 돋는 연애질하시길.

돌싱 '돌아온 싱글'의 준말. 결혼으로부터 탈주한 사람들을 뜻한다.

드립 애드리브의 준말.
　　응용〉 개드립(개+드립) - '개'라는 접두가가 붙어 말도 안 되는 드립이라는 뜻이 되었음.

똬 외마디 감탄사. 힘이 필요할 때, 화가 날 때, 슬픈 마음을 억누를 수 없을 때 외쳐라.

'딱'의 대체어로도 쓰인다. '딱'보다 훨씬 강한 표현이다.
　　같은 말〉 똬악

모태솔로 태어나서부터 지금까지 단 한 번도 애인이 없었던 사람을 뜻함. 혹자는 솔로 경력을 군대의 계급에 비유하기도 하는데 모태솔로 경력 30년이 지나면 마법사가 된다고 한다. (얼마나 참고 또 참았겠나? ……엥? 뭘?) 볼드모태의 경우 모태솔로 경력이 500년을 돌파했다. 상상 초월의 마법 공력이 쌓였다.
　　같은 말〉 모태쏠로, 모쏠, 모솔

밀당 밀고 당기기의 준말. 지치지 않는 연애, 지속가능한 꽁냥질을 꿈꾼다면 상대를 붙잡아야 할 때와 상대를 자유롭게 풀어줘야 할 때를 구분할 줄 알아야 한다.
　　같은 말〉 밀땅

빡치다 '화내다'로는 모자란 그대의 썩어 문드러지는 심정을 표현하고 싶다면 말하라. "오, 존내 빡쳐. 쌍"

심남, 심녀 관심 가는 남자, 관심 가는 여자의 준말.

썸남, 썸녀 "그 사람과 함께 있을 땐 왠지 마음이 들떠요. 확신할 순 없지만 그 사람도 나 같은 감정을 느끼는 것 같아요." 요런 상황을 설명할 때 그 사람과 당신 사이에 썸씽이 오고 가고 있다고 말한다. 드러내 놓고 사귀는 건 아니지만 사랑의 감정을 은밀히 교환하고 있는 상대를 지칭할 때 썸남, 썸녀라고 부른다.
　　같은 말〉 썸씽남, 썸씽녀

연애세포 연애 감각을 이르는 말. 연애세포가 싸그리 죽어버리면 볼드모태처럼 반려동물과 휴일을
보내며 우울해해야 한다. 연애를 하자. 나이 구십 먹도록 지치지 않는 에너지로 연애하는
할매처럼.

지르다 자기 주머니 사정은 고려하지 않고 고가의 물건을 겁도 없이 산다는 뜻.
응용〉 지름신 – 물건을 살 생각 없던 불쌍한 중생에게 구매 충동을 불러일으키는 신. 그는
늘 꽁지에 '후회'를 달고 다닌다.

지못미 "지켜주지 못해 미안해."의 준말.
활용〉 라면으로 연명해도 생활비가 모자라지만, 이렇게 구질구질하게 사는 게 징글징글하
다며 충동적으로 비싼 스테이크를 먹은 날, 패밀리 레스토랑 문에 기대어 이렇게 말
하면 된다. "지못미, 내 적금."

찜꽁 "넌 내꺼! 찜! 꽁꽁 묶어 놨어. 도망가면 죽음!"

파이야 '발사!(Fire)'와 같은 뜻이라고 생각하면 된다. "힘내자.", "(오늘을) 불살라보자.", "미쳐 보자.",
"으악!" 등의 뜻으로 쓰이는 것 같다. 박명수의 노래 'FYAH'를 들어 보라.
같은 말〉 빠이야, 빠이야, 파이야

찰진연애상담소를 엿본 사람들의 한마디

청순성규: 연애가 그런 것이야! 하긴 알았어도 국경선 너머의 일인 걸 뭐……하다가 찰지게 눈떠 버린 나!

주모미정: 다음 생에는 황진이가 되리~

이쁘수현: 한 살이라도 어릴 때 열심히들 마니 연애하슈. 후회한다고요~ ^^

동글철호: 사랑? 아, 몰라~ 잘 보이면 돼.

엽기은주:
이! 씨댕이들 가트니……늘씬하고 성형하믄 다야!

일등혜정: 내 청춘 돌려다오~ 달콤한 사랑하고 싶당…….

철용상궁: 인생은 랩! 사랑도 랩 오 커멍 베이비!

법모오빠: 사랑사랑 영어로는 러브, 독어로는 리베, 일어로는 아이! 감사합~니다~ 감사합~니다

덕후다연: 여자 심리는 순정만화로 배웠습니다.
연애는 건담 프라모델을 다루듯 조심조심 섬세하게.

블링지연: 사랑해 사랑해 사랑해

모범상진: 들이대. 짝사랑, 외사랑에 징징대다 헛사랑만 켜지 말고 겪어봐야 당신 감정 알게 된다능.

징징정은: 이뻐해조잉~~!!!!

추격상글: 하, 내복 같은 연애~
양자택일 할 수밖에……:
춥거나 혹은 갑갑하거나.

망언이은: 전 우리 키요미 신랑이랑 한 번도 싸운 적이 없어요 이렇게나 사랑스러운데! 사랑만 해도 시간이 부족한데!!!♥_♥

내숭한나: 남자? 그게 뭔가요?
제가 좀 순수해서……:

대장정원: 수고한다! 수고했다!

주차요원 라이카: 짜장면 주세염 왈왈!

일 년 365일,
나의 꽁냥질 기상도

	1	2	3	4	5	6	7	8	9	10	11	12	13	14	15
Jan															
Feb															
Mar															
Apr															
May															
Jun															
Jul															
Aug															
Sep															
Oct															
Nov															
Dec															

색이나 ♥ 같은 도형으로 ☐ 칸 안에 하루하루 변하는 연애 감정을 기록해보세요.

16	17	18	19	20	21	22	23	24	25	26	27	28	29	30	31